dtv

Reihe Hanser

Amanda ist beliebt in ihrer Schule, und das soll auch so bleiben. Doch dann kommt ein neuer Mitschüler in die Klasse, und ausgerechnet Amanda soll sich um ihn kümmern, weil er das Down-Syndrom hat. Lars stellt sich als nett heraus, und Amanda mag ihn sehr. Trotzdem macht sie sich Gedanken: Nehmen die anderen sie überhaupt noch ernst, wenn sie mit Lars befreundet ist? Da begeht sie einen folgenschweren Fehler.

Iben Akerlie, geboren 1988 in Oslo, ist Schauspielerin und Schriftstellerin. Sie gehört zu den talentiertesten jungen Stimmen Norwegens in der Kinder- und Jugendliteratur. »Lars, mein Freund« ist ihr Debütroman und wurde von einer Jury, bestehend aus 10 000 Kindern, zum besten Buch Norwegens des Jahres 2016 gewählt.

Iben Akerlie

LARS, mein Freund

Aus dem Norwegischen
von Ina Kronenberger

dtv

Ausführliche Informationen über
unsere Autoren und Bücher
www.dtv.de

Unterrichtsmaterialien zu »Lars, mein Freund«
unter www.dtv.de

This translation has been published with the
financial support of NORLA.

NORLA
NORWEGIAN LITERATURE ABROAD

MIX
Papier aus verantwortungsvollen Quellen
FSC® C019821
FSC
www.fsc.org

2019 dtv Verlagsgesellschaft mbH & Co. KG, München

Titel der Originalausgabe: ›Lars er lol‹
(H. Aschehoug & Co. [W. Nygaard] AS, Oslo)
Published in agreement with Oslo Literary Agency

Umschlag: Alexandra Bowien/dtv unter Verwendung von
Fotos von gettyimages
Gesetzt aus der Bembo
Satz: Fotosatz Amann, Memmingen
Druck und Bindung: Druckerei C.H. Beck Nördlingen
Printed in Germany · ISBN 978-3-423-62717-7

Ich liebe ihn

Adam.

Adam, Adam, Adam. Er sitzt zwei Reihen vor mir in dem schwülen Klassenzimmer. Warme Sonnenstrahlen tanzen durch die Fenster, die weit offen stehen, um den herrlichen Spätsommertag hereinzulassen. Es ist der erste Schultag, und ich sitze da und male mir aus, wie toll es sich anfühlen muss, die Finger durch die dunklen Locken zu ziehen, die sich um seinen Nacken kräuseln. Wenn ich die Augen schließe, sehe ich sogar seine dunklen Augen vor mir, die intensiv in meine blicken, auch wenn das in der Realität noch nie passiert ist. In der Realität wissen sie kaum, dass ich überhaupt existiere.

Adam und Amanda. Den ganzen Sommer über bin ich wie ein herzförmiger Luftballon durch die Gegend geschwebt und habe mich weit weg in eine Welt geträumt, in der *Adam plus Amanda gleich* Realität ist.

In diesen Träumen bin ich davon überzeugt, dass ich nach einem langen Sommer, in dem ich größer geworden bin, in die Schule zurückkomme und mich endlich, endlich trauen werde, ihn anzusprechen. Adam. Dann werde ich mich endlich trauen, »Hi« oder »Hallo« zu sagen und vielleicht sogar zu fragen, wie sein Sommer war. Ob er die Ferien auf einer Hütte verbracht hat.

Aber Fehlanzeige. Als ich heute in die Schule kam, den neuen Klassenraum und meine beste Freundin Sari gefunden hatte und Adam fünf Meter vor mir entdeckte, war ich wie gelähmt. Wie ein Soldat der königlichen Leibgarde stand ich stocksteif in Habachtstellung da und starrte, ohne zu blinzeln, vor mich hin. Sari knuffte mich sanft in den Rücken, aber weil meine Beine auf dem Boden wie festgewachsen waren, kippte ich geradewegs vornüber und fiel hin. Ich konnte mich in letzter Sekunde noch mit den Händen abfangen, die unsanft auf dem dreckigen Boden aufprallten.

So blieb ich einen Moment lang liegen, die Nase zwei Zentimeter über dem Linoleum, und starrte auf den Boden, während jegliches Selbstbewusstsein langsam aus meinem Körper wich, so wie die Sonnenbräune über den Herbst verblasst.

Als ich schließlich wieder aufstand und mich umsah, war Adam im Klassenzimmer verschwunden, ohne sich umzusehen oder meinen Sturz überhaupt bemerkt zu haben.

»Alles klar, Amanda?«, fragte Sari.

»Ja, schon«, antwortete ich, »ich hatte mir nur eingebildet, dass ich einen besseren Start hinlegen würde.«

Schwer zu sagen, ob sie auch erwartet hatte, dass ich einen besseren Start hinlegen würde, oder ob sie damit gerechnet hatte, dass ich am ganzen Körper erstarre und hinfalle und mich doch nicht traue. Sari kennt mich besser als alle anderen, und auch wenn wir den Sommer über viel darüber geredet haben, wie ich Adam ansprechen könnte, sobald die Schule wieder losging, würde es mich nicht überraschen, wenn Sari insgeheim geglaubt oder gewusst hätte, dass ich mich nicht trauen würde. Es ist so typisch für mich, dass ich mich nicht traue.

Ein jämmerlicher Seufzer kam aus meinem Mund. Sari sagte nichts, sondern schob ihren zierlichen Arm unter meinen und führte mich durch das Klassenzimmer in die letzte Reihe, wo wir in der Ecke zwei leere Pulte fanden.

Ich sitze da und sehe sie bewundernd an, sie ist der klügste und liebste Mensch, den ich kenne. Mir fällt auf, wie sehr ihre Haare über den Sommer gewachsen sind und sich in langen hellen Strähnen über ihren Rücken ergießen, so wie sich das Amazonasdelta in den Atlantik erstreckt. Ihr scharfer Blick wird von einem warmen Lächeln abgemildert, und ihr Näschen ist vor Sonnenbrand ganz rot. Über den Augen ruhen dichte markante Augenbrauen, die sich aus Sorge um mich zusammenziehen.

Ich versuche krampfhaft, nicht an Adam zu denken, aber er sitzt zwei Reihen vor mir und lässt einen Bleistift zwischen den Fingerspitzen rotieren. Er ist der Einzige in der Klasse, der das kann, und er hat sich über den Sommer noch verbessert. Sein Ellbogen ruht stabil auf dem Pult, und er hält den Bleistift zwischen Daumen und Zeigefinger, bevor er ihn mit dem Mittelfinger anstupst. Drei Drehungen, dann fängt er den Bleistift geschickt ab und lässt ihn wieder kreisen, als wäre es die einfachste Sache der Welt. Ich habe den ganzen Sommer über geübt, aber ich schaffe nur eine klägliche Drehung, bevor der Bleistift zu Boden fällt.

Der Bleistift in Adams Hand hypnotisiert mich regelrecht, und ich male mir im Geiste weiter aus, wie meine Hände durch seine weichen Locken fahren. Wie wäre es, wenn ich es schaffen würde, in der Kantine hinter ihm in der Essensschlange zu landen, dann könnte ich ihm unbemerkt durch die Haare streichen.

Zum Glück werde ich aus meinen Tagträumen

gerissen, als Frau Nielsen, unsere Klassenlehrerin, durch die Tür spaziert.

»Hallo, alle zusammen!«, ruft sie fröhlich, fordert unsere Aufmerksamkeit aber noch nicht ein.

Wir unterhalten uns weiter miteinander, während Frau Nielsen die Sachen, die auf dem Lehrerpult herumliegen, ordnet und richtig hinlegt. Die Naturkundehefte wandern vom Fensterbrett ins Bücherregal und die neuen bunten Marker zur Tafel. Die rote Lockenpracht auf ihrem Kopf hüpft auf und ab, sobald sie sich bewegt. Ihre Haut ist von der Sonne ganz rosa und voller Sommersprossen, die sich vor allem um ihre kleine Nase drängen. Zur Feier des ersten Schultags trägt sie ein weites, flatterndes Batikkleid in Gelb und Lila, und sie wackelt hin und her wie ein glücklicher Pfau.

Sie dreht sich zur Klasse um und sagt freundlich:

»Mensch, was habe ich euch vermisst!«

Sari und ich lächeln uns an und entnehmen dem Blick der jeweils anderen, dass auch sie unsere Lehrerin vermisst hat.

»Herzlich willkommen, alle zusammen!«, fährt sie fort. »Ich erkenne euch fast nicht wieder, so wie ihr gewachsen seid.«

Sie schmunzelt, als sie das sagt.

»Es ist so schön, euch alle wiederzusehen, und ich freue mich sehr auf das neue Jahr, das wir gemeinsam verbringen werden!«

Frau Nielsen redet weiter, während ich langsam abdrifte. Es dauert nicht lange, da sind meine Gedanken wieder völlig woanders: zwei Reihen vor mir, in den dunklen Locken. Dort sitzt Adam und lässt den Bleistift kreisen, als gehörte er eigentlich ganz woandershin, an einen viel cooleren Ort. Die Schultern hat er nach vorn gezogen, und zwischen den Schulterblättern zeichnet sich auf seinem roten T-Shirt ein schmaler Streifen Schweiß ab.

»Ich liebe ihn«, flüstere ich Sari leise zu, die von ihrem Rucksack aufschaut, in den sie eingetaucht war, um nach Stift und Papier zu fahnden.

»Meinst du das wirklich?«, fragt sie mit großem Ernst in der Stimme.

»Ja. Das ist mir klar geworden, als ich ihn wiedergesehen habe. Ich liebe ihn.«

»Das ist ein starkes Wort«, merkt Sari an, »Papa sagt, man sollte von Liebe nur sprechen, wenn man es wirklich ernst meint. Das Gleiche gilt für *hassen*, das kann man auch nur sagen, wenn das Gefühl so stark ist, dass man es mit keinem anderen Wort beschreiben kann.«

»Aber es gibt kein anderes Wort dafür«, sage ich,

»ich liebe ihn. Und es ist über den Sommer noch schlimmer geworden.«

Ein riesiger Seufzer geht durch mich hindurch und lässt mich noch mehr zusammensacken. Selbst Sari ist ratlos.

Frau Nielsens Stimme dringt zu mir durch.

»Dieses Jahr werden wir ja auch Patenkinder bekommen!«

Frau Nielsens Begeisterung ist ansteckend, und sogar ich mit all meinen Sorgen muss lächeln. Pate zu werden, darauf freut sich die ganze Klasse schon lange, vielleicht sogar seit damals, als wir selbst noch Patenkinder waren. Wir haben alle davon geträumt, wie wir einen süßen Erstklässler zugeteilt bekommen, auf den wir aufpassen und den wir verhätscheln können.

Ich richte mich auf und kann mich zum ersten Mal für heute auf etwas anderes konzentrieren als Adam.

Frau Nielsen spricht weiter:

»Die Patenkinder bekommt ihr morgen zugeteilt, und ich muss euch dazu noch allerhand praktische Dinge mit auf den Weg geben, aber das machen wir nach dem Mittagessen.«

Ein leiser Seufzer geht durch die ungeduldige Klasse, doch Frau Nielsen überhört ihn.

»Aber zuerst will ich, dass wir die Zeit nutzen,

um uns wieder miteinander vertraut zu machen, uns gegenseitig zuzuhören und uns wieder an die Stimmen der anderen zu gewöhnen, wie noch vor zwei Monaten, vor den Sommerferien.«

Sich miteinander vertraut machen, sich aneinander gewöhnen bedeutet mit Frau Nielsens Worten, dass wir uns hinsetzen können, wo wir wollen, um miteinander zu reden. Ich drehe mich zu Sari um und will gerade etwas über Adams Locken sagen, als mir eine heisere Stimme hinter meinem Rücken zuvorkommt.

»Hi.« Es ist Kay, der uns großspurig abklatscht.

Sari und ich lächeln ihn freundlich an. Es ist schön, Kay wiederzusehen, er ist der Dritte im Bunde, jetzt sind wir wieder vollzählig.

»Was gibt's Aufregendes?«, fährt er lässig fort.

»Nicht viel«, antwortet Sari für uns zwei und rutscht auf ihrem Stuhl zur Seite, damit beide mit einer halben Pobacke darauf Platz haben.

»Okay, okay«, sagt Kay scherzhaft und setzt sich, »ich habe euch den ganzen Sommer nicht gesehen, aber es gibt nichts Neues. Verstehe.«

Kay gibt sich beleidigt, aber sein Gesicht zeigt Herzlichkeit und Freundschaft pur.

»Du verstehst schon, wie ich das meine«, entschuldigt sich Sari, »gerade im Moment passiert nichts Aufregendes.«

Wir lachen alle drei, bevor uns Kay von seinen Sommerferien erzählt. Kays Vater stammt aus Gambia, daher war er in Afrika und hat seine Familie besucht. Seine Haut ist eigentlich das ganze Jahr über schon ziemlich dunkel, jetzt glüht sie regelrecht. Seine Augen sind so grün wie leere Weinflaschen, und sie leuchten, wenn er redet oder lacht. Seine Lippen sind dick und immer etwas rissig, und hinter ihnen verbirgt sich eine Reihe ziemlich schiefer Zähne.

Ich schaue verstohlen zu Adam hinüber, während Kay und Sari von ihren Sommerferien erzählen. Warum ist es nur so verflixt schwierig, verliebt zu sein? Warum brennt es die ganze Zeit in einem drin? Als wäre ich nicht eine einzige Sekunde allein, weil ich ständig einen winzigen Kobold in mir trage, der in meiner Herzkammer sitzt und ungeduldig an der Herzwand kratzt.

Wir werden von der Pausenklingel unterbrochen, und die ganze Klasse schiebt sich gleichzeitig zum Schulhof und zu den warmen Sonnenstrahlen, die draußen locken. Unterwegs erzählt Kay lauthals von seinen Onkeln, Tanten und von Straßenkatzen, und Sari und ich lachen mit ihm.

Plötzlich steigt mir ein hypnotisierender Duft in die Nase, der mich an Erdbeermilkshake oder Schokoladenkuchen erinnert. Ich blicke auf und stelle fest, dass ich direkt hinter Adam laufe. Meine Bewegungen werden sofort steif und abgehackt. Fast so, als würde ich in bewusstem Zustand in Ohnmacht fallen, und Sari, die neben mir geht, merkt es.

»Du musst was machen, Amanda, sonst wirst du zum Zombie.«

Sie hat es ganz leise gesagt, sodass Adam es nicht hört, aber Kay hat es mitbekommen.

»Worum geht's?«, fragt er und streicht sich mit einer Hand über die kurz geschorenen Haare.

»Um Adam«, verrät Sari und geht etwas langsamer, damit Adam einen Vorsprung bekommt.

»Immer noch?« Kay ist schockiert. »Ich dachte, du wolltest im Sommer über ihn hinwegkommen? War das nicht der Plan?«

»Doch«, gebe ich zu, »aber es ist eher schlimmer geworden. Ich liebe ihn.«

»Tja, da haben wir ein Problem«, schließt Kay und schüttelt resigniert den Kopf.

Auch Sari schüttelt leise den Kopf, ich glaube aber vor allem deshalb, weil sie die ewig gleiche Leier satthat. Ich bin schließlich seit der vierten Klasse in Adam verliebt, ohne dass ich in der Sache auch nur einen Schritt weitergekommen bin.

Als Adam in der vierten Klasse zu uns kam, haben sich alle Mädchen in ihn verliebt, aber er war in niemanden verliebt und wollte nur Fußball spielen. Anfangs war es kein Problem für mich, mit ihm zu sprechen, und manchmal habe ich sogar mitgespielt, wenn er in der großen Pause Fußballspiele gegen die B-Klasse organisiert hat. Aber irgendwann kam er im Naturkundeunterricht zu mir und fragte, ob ich ihm helfen könnte. Ich dachte, es ginge um die Aufgaben, die wir ausgeteilt bekommen hatten, aber als ich mit ihm zu seinem Pult ging, stellte sich heraus, dass er mit einem Mädchen aus der B-Klasse zusammenkommen wollte. Ich brachte nicht einmal ein »Ja« oder »Nein« heraus, ich starrte ihn nur an, während mein Körper in die Knie ging wie ein Pfannkuchen. Ich erlebte zum ersten Mal, dass ich wie gelähmt war und nichts dagegen tun konnte, aber seither hat es sich ganz oft wiederholt.

Ich glaube, Sari war erleichtert, als ich vor dem Sommer beschlossen habe, ihn nicht länger zu mögen, und ich glaube, sie ist jetzt ganz enttäuscht darüber, dass ich stärker in ihn verliebt bin als je zuvor.

»Wir müssen was machen, Amanda«, sagt Kay entschieden, »je früher, desto besser.«

»Aber was?«, frage ich resigniert.

»Du musst auf ihn zugehen.«

»Nee …«, sage ich zögerlich.

»Das klappt nicht«, wirft Sari ein, »sie hat es vorhin schon probiert und ist dabei hingefallen. Und hat sich versteift, wie immer.«

»Tatsächlich?«, fragt Kay und schüttelt wieder den Kopf. »Ist es wirklich so schlimm?«

»Du Arme«, murmelt Sari vor sich hin.

»Ja«, pflichtet Kay ihr bei, »aber du musst es tun, hier und jetzt. Du musst auf ihn zugehen und Hallo sagen oder irgendwas anderes und so tun, als wenn nichts wäre. Das ist das Beste.«

Wir stoßen die schwere Tür zum Schulhof auf und werden sekundenlang von dem grellen Sonnenlicht geblendet.

»Schon …«, antworte ich und blinzle, um mein Augenlicht wiederzuerlangen.

Wir gehen über den Schulhof direkt zu den Bänken in der hinteren Ecke, wo wir immer herumhängen. Von hier können wir den ganzen Schulhof überblicken, und es dauert nicht lange, bis Kay Adam auf dem Fußballplatz ausgemacht hat. Jetzt sehe ich ihn auch, er steht an der Seitenlinie und unterhält sich mit einem Jungen aus der B-Klasse, den ich nicht kenne.

»Geh einfach zu ihm hin, sag Hallo und frag ihn, ob er einen schönen Sommer hatte.«

Leichter gesagt als getan. Trotzdem kommt es mir vor, als hätte ich seit dem letzten Mal etwas

Mut gesammelt, vielleicht weil ich Kay und Sari als Mitspieler hinter mir weiß, vielleicht aber auch, weil der Kobold in meiner Herzkammer so sehr kratzt, dass es fast unerträglich ist. Es muss tatsächlich etwas passieren.

Ich stehe langsam von der Bank auf und hole tief Luft, sodass die Lungen meinen Rücken zwingen, sich aufzurichten. Ich fahre mir mit beiden Händen einmal über die widerspenstigen Haare. Versuche sie zu bändigen, auch wenn ich weiß, dass es unmöglich ist und sie sich wie immer sträuben.

»Okay«, seufze ich, und ohne mich umzusehen, laufe ich in Richtung Adam los.

Der Weg über den Schulhof bis zu ihm dauert etwa zehn Jahre. So fühlt es sich zumindest an. Es geht langsam, aber es geht voran. Mein Körper bewegt sich Schritt für Schritt über den Fußballplatz. Ich bin nervös, gehe aber mit festen Schritten, und je näher ich dem Ziel komme, desto weniger spüre ich die Angst, die sich ganz sicher irgendwo in mir aufbaut. Was mache ich da? Was soll ich sagen? Habe ich einen Plan? Vielleicht sollte ich ihm mit den Fingern jetzt vorsichtig durch die Locken fahren?

Mir geht auf, dass ich überhaupt keinen Plan habe, aber schon ziemlich nah am Ziel bin, so nah, dass ich bald »Hallo« sagen muss.

»Hi«, sage ich, als ich ein paar Meter vor ihm stehen bleibe, aber er antwortet nicht. Er sieht nicht einmal auf, spielt stattdessen weiter mit einem Ball.

Die Panik in mir wächst, aber irgendein Instinkt übernimmt jetzt das Kommando und sagt mir, dass ich nicht mehr umkehren kann, dass ich da jetzt durchmuss. Ein weiteres »Hi« kommt mit Piepsstimme aus mir heraus.

Diesmal sieht er auf und erwidert kurz meinen Blick, bevor er sich seinem Kumpel aus der B-Klasse zuwendet und ihm etwas zuflüstert. Der Kumpel nickt, dreht sich dann um und holt etwas aus seinem Rucksack, der hinter ihm auf der Bank steht.

Nach einer gefühlten Ewigkeit antwortet Adam endlich mit einem kühlen »Hi«.

»Schönen Sommer gehabt?«, schleudere ich ihm entgegen, ohne zu wanken. Gleichzeitig frage ich mich, wo das ganze Selbstvertrauen herkommt, denn innerlich fühle ich mich ganz klein.

»Ja«, antwortet er schulterzuckend.

Wir stehen einander gegenüber und bewegen uns leicht, sagen aber kein Wort. Adam wirkt etwas angespannt, verbirgt es aber gut hinter einer lässigen Körperhaltung, die Hände wie zufällig in den Taschen, den Rücken leicht vorgebeugt.

»Ähm, dann …«, stottere ich, »wir sehn uns!«

»Warte mal!«, ruft Adam plötzlich.

Ich habe mich noch nicht von der Stelle gerührt und bleibe wie festgewurzelt an dem Punkt auf dem Asphalt stehen, an dem ich während des ganzen merkwürdigen »Gesprächs« gestanden habe.

Hinter Adam taucht der Kumpel aus der Parallelklasse auf und reicht ihm eine Anderthalbliterflasche Mineralwasser, versucht, ein Grinsen zu unterdrücken. Der Kumpel entfernt sich rückwärts von Adam und behält mich dabei im Blick.

Jetzt kommt Adam plötzlich auf mich zu, und mein Herz macht einen Salto, den man mir von außen bestimmt ansehen kann. Ich hole tief Luft und versuche, Ruhe zu bewahren. Ich entdecke die Andeutung eines Lächelns, das sich über Adams Gesicht legt, und sehe, dass er nur mit Mühe ein lautes Lachen unterdrücken kann. Was passiert jetzt? Warum kommt Adam auf mich zu? Warum lächelt er?

Als er einen halben Meter vor mir stehen bleibt, sagt er nichts und sieht mich auch nicht an. Das Lächeln um seinen Mund nimmt zu und wird von dem einen oder anderen Kichern abgelöst. Ich stehe wie gelähmt vor ihm, kriege aber doch mit, dass sein Kumpel ein paar Meter hinter ihm hysterisch kichert.

»Mach schon!«, ruft er zwischen den Lachanfällen.

Adam dreht den Verschluss der Flasche auf und steckt den Daumen in die Öffnung. Jetzt schüttelt er die Sprudelflasche in seiner Hand, erst langsam, dann immer heftiger. Zehn unendliche Sekunden lang macht er das, ohne dass ich irgendwie reagieren kann. Ich stehe stocksteif da und kapiere nicht, was gerade passiert.

Plötzlich zielt Adam mit der Flasche auf mich und zieht im selben Augenblick den Daumen raus. Ein kräftiger Wasserstrahl schießt heraus und spritzt mich von oben bis unten nass. Es dauert eine Ewigkeit, bis der Strahl endlich nachlässt und ich durch das Wasser und die Tränen hindurch, die sich an meinen Augenrändern gebildet haben, blinzelnd Adams Gesicht erkennen kann.

Der Blick, dem ich begegne, ist Schadenfreude pur, aber plötzlich legt sich ein Schatten darüber, und Adams Gesicht wird zu einer ausdruckslosen steinernen Maske. Abrupt dreht er sich um und stürmt mit dem Kumpel im Schlepptau zur Jungentoilette.

Hinter mir höre ich jemanden rennen.

»Alles in Ordnung?« Kay ist außer sich.

»Verdammt!«, brüllt Sari und ist so wütend, dass fast Rauch aus ihren Ohren kommt.

»Komm mit«, sagt Kay, legt den Arm um mich und führt mich zur Eingangstür des Schulgebäudes, das sich leider auf der anderen Seite des Schulhofs befindet, wir müssen also an allen vorbei.

Wie sehr ich mich auch bemühe, den Blicken der anderen zu entgehen, es lässt sich nicht übersehen, dass der ganze Schulhof innegehalten und die Spritzaktion mitbekommen hat. Fast traue ich mich nicht, an mir herabzuschauen, um meine Befürchtung bestätigt zu bekommen: Das hellblaue Kleid, das ich gestern Abend mit Bedacht ausgewählt habe, ist vollkommen durchsichtig geworden und klebt an meinem Körper, sodass alle mein Höschen sehen können.

Im Flur finden wir unter der Treppe Schutz. Ich stehe unter Schock. Und bin triefnass. Die Tränen hören nicht auf zu fließen. Sari sieht mich ungläubig an und hat bisher noch kein Wort herausgebracht.

»Entschuldigung«, flüstert sie und zieht das Strickjäckchen aus, das sie über der Schulter trägt, hält es mir hin. »Wir hätten dich niemals dazu überreden sollen, zu ihm zu gehen.«

»Ihr … konntet … es … ja … nicht … wissen«, schluchze ich.

Kay hat Papiertücher besorgt und beginnt, mein Gesicht und meine Haare trocken zu reiben.

»Was ist denn passiert?«, fragt er. »Was hast du bloß zu ihm gesagt?«

»Nichts«, presse ich heraus. »Ich habe nur Hi gesagt … gefragt … wie sein … Sommer … war.« Die letzten Worte enden in weiteren Tränen, die Kay mühsam abtrocknet.

»Ich verstehe das nicht«, sagt Sari nachdenklich.

»Es sei denn, er mag dich auch«, entfährt es Kay.

»Ganz bestimmt«, flüstere ich. »Niemals. Er hasst mich.«

»Ja …«, räumen Kay und Sari im Chor ein, »es sieht ganz danach aus.«

»Vielleicht schaffe ich es jetzt, über ihn hinwegzukommen«, sage ich mit einem Hauch von Optimismus in der Stimme.

»Hoffentlich«, nickt Sari, »aber leicht wird es nicht.«

Und mit diesen traurigen Worten kehren wir ins Klassenzimmer zurück wie drei Musketiere, die sich in einer Schlacht geschlagen geben mussten, aber wenigstens einander haben.

Ungewöhnlich reif für dein Alter

»Coole Klamotten, Amanda«, höre ich jemanden hinter mir sagen, als wir das Klassenzimmer betreten. Ich drehe mich um und entdecke Anna, meine Ex-Beste-Freundin. Sie hat ihre dunklen Haare in einem strengen Pferdeschwanz gesammelt, und zwei blitzblanke Perlen prangen in ihren Ohrläppchen. Sie trägt ein rosa Piqué-Shirt zu kurzen Jeans, und ihre Haut ist von der Sonne goldgelb. Sie steht breitbeinig einen Meter von mir entfernt, die Hände selbstsicher in die Hüften gestemmt, und wartet darauf, dass ich mich wehre.

»Ich wusste gar nicht, dass nass und durchsichtig der neue Trend ist ...«, stimmt Christina ein, die dicht neben Anna steht, aus Angst, sie zu verlieren. Christina hat im Gegensatz zu Anna hellblonde Haare, fast weiß, hat sie aber ebenfalls zu einem Pferdeschwanz gebunden, um sich ihrer besten Freundin anzupassen. Sie steht da und inspiziert ihre Fingernägel, schielt mit einem Auge zu mir herüber.

Der schlimmste Tag meines Lebens geht also

noch schlimmer weiter, mit viel Aufmerksamkeit und blöden Kommentaren. Ich versuche, mit einem Schnauben darüber hinwegzugehen, als wäre es mir egal, was Anna und Christina sagen oder überhaupt auch nur denken, aber natürlich ist es mir nicht egal. Natürlich versetzt es mir einen Stich, vor allem, weil es von Anna und Christina kommt. Worte können nicht beschreiben, wie ätzend es ist, triefnass und gedemütigt ins Klassenzimmer zurückzukommen. Das Letzte, was ich jetzt gebrauchen kann, ist, dass mich die beliebtesten Mädchen aus der Klasse zusätzlich fertigmachen.

Sari zieht mich weg von Anna und Christina zu unseren Plätzen in der Ecke. Unterwegs fällt mein Blick auf Adam, der lässig auf seinem Pult liegt. Ein paar Kumpel stehen um ihn herum, aber er schaut etwas abwesend in die Luft. Ich lasse die Augen auf ihm ruhen. Er hebt den Kopf und begegnet meinem Blick, schlägt die Augen aber sofort nieder und starrt entschlossen auf sein Pult. Egal. Mit ihm bin ich durch.

Sari und ich lassen uns auf unsere Stühle plumpsen, und mein nasses Kleid gibt ein klatschendes Geräusch von sich, als es den Stuhl berührt.

Zum Glück spaziert Frau Nielsen jetzt ins Zimmer, und die Aufmerksamkeit wandert von mir auf sie. Sie macht sich etwas hektisch am Lehrerpult zu schaffen, bevor sie sich mit einem Lächeln an die Klasse wendet:

»Hallo! Seid jetzt bitte alle ruhig!«, ruft sie mit lauter Stimme.

Die meisten gehorchen und gehen zu ihren Plätzen, aber Anna und Christina bleiben am Fenster stehen und reden weiter, als wäre nichts passiert. Sie haben ihre Smartphones in der Hand und kichern laut. Man kann sich kaum vorstellen, dass sie so sehr mit sich und ihren Fotos beschäftigt sind, um nicht zu merken, wie alle um sie herum ihre Plätze eingenommen haben und darauf warten, dass sie es ebenfalls tun.

Frau Nielsen wirkt genervt, ist an dieses Benehmen aber gewöhnt. Sie macht kein großes Theater, sondern fordert die beiden noch einmal auf, zu ihren Plätzen zu gehen, und jetzt können sie die Lehrerin nicht länger ignorieren und setzen sich ebenfalls hin.

»Okay!«, fährt Frau Nielsen fort. »Kommen wir zu den Patenkindern.«

Ein leises Rascheln geht durch die Klasse. Der Gedanke an die Patenkinder stimmt mich fröhlich, schafft es aber leider nicht, mein Unbehagen über das nasse Kleid zu vertreiben. Es fühlt sich an, als klebten meine Oberschenkel am Stuhl fest, und ich muss den Po ein wenig anheben, um mich vom Stuhl zu lösen.

»Morgen erfahrt ihr, wer eure Patenkinder sind«, klärt Frau Nielsen uns auf, und ein klar vernehmliches Seufzen geht durch den Raum, weil wir gern heute schon Klarheit gehabt hätten, in dieser Sekunde.

»Doch, so lange könnt ihr warten …«, tröstet uns Frau Nielsen, »ich möchte, dass ihr den Rest des Tages dafür nutzt, euch in Gruppen darüber zu unterhalten, wie ihr eure Patenkinder willkommen heißen wollt, mit welcher Haltung, und dass ihr euch Dinge überlegt, die ihr gemeinsam unternehmen könntet. Am Ende des Schultags will ich von jeder Gruppe einen schriftlichen Plan sehen.«

Eine einfache Aufgabe, Peanuts im Vergleich zu dem, was mich gerade sonst belastet. Kay kommt zu uns herüber, und zusammen mit Sari bilden wir eine Gruppe. Wir fangen an zu diskutieren und reden tatsächlich über die Patenkinder anstatt über das, was uns sonst beschäftigt. Es tut gut, ein wenig von Adam und dem nassen Höschen abgelenkt zu werden.

Kay ist ganz begeistert und wirft Stichwörter in den Raum, die Sari auf einem Blatt Papier notiert.

»Ebenbürtig!«

»Fürsorglich!«

»Lieb«, werfe ich halbherzig ein.

So geht es ein paar Minuten lang weiter, bis ich plötzlich von Frau Nielsen unterbrochen werde, die mir vorsichtig auf die Schulter tippt.

»Amanda, wärst du so nett, einmal kurz mit mir vor die Tür zu gehen? Ich muss etwas mit dir besprechen.«

Kay und Sari halten inne und schauen von Frau Nielsen zu mir.

Frau Nielsen steht da und sieht mich hoffnungsvoll an, bevor sie sich selbst mit einem »Wie siehst du denn aus?« unterbricht.

»Amanda ist ein kleines Missgeschick passiert«, sagt Sari zur Erklärung.

»Mit Wasser!«, rette ich mich. »Ein Missgeschick mit Wasser.«

»Aha! Okay! Aber dann sollten wir dir vielleicht ein paar trockene Klamotten besorgen, ich kann mal in der Kiste mit den Fundsachen nachschauen …«

»Nein!«, protestiere ich, das Letzte, was ich will, ist, in der dreckigen Caprihose einer Drittklässlerin herumzurennen. »Das trocknet schnell.«

»Okay …«, antwortet Frau Nielsen und mustert mich eine halbe Sekunde lang, bevor sie wieder auf ihren Vorschlag von eben zurückkommt:

»Wenn du einmal kurz mit mir vor die Tür gehen würdest, Amanda, dann können wir uns dort unterhalten.«

Ich sehe, wie Kay die Stirn runzelt, und merke, dass ich seine Skepsis teile.

Dieses Verhalten ist für die ansonsten so direkte Frau Nielsen nicht normal. Wenn sie etwas auf dem Herzen hat, sagt sie es meistens geradeheraus, als wären die Worte Rülpser, die sie nicht unterdrücken kann. Dass sie mir vorsichtig auf die Schulter tippt und mich bescheiden um ein Gespräch bittet, ist gelinde gesagt untypisch.

Aber natürlich gehe ich mit. Als wäre alles ganz normal. Trotzdem stresst mich die Situation, weil ich heute wirklich nicht noch mehr Aufmerksamkeit haben will, auch nicht im weiteren Verlauf des Schuljahres. Das Letzte, was ich will, ist, dass die anderen in der Klasse glauben, ich würde Adam verpetzen und müsste von Frau Nielsen getröstet werden.

Während ich also hinter Frau Nielsen durch das Klassenzimmer gehe, sehe ich mich vorsichtig um, ob mich jemand beobachtet, die Augen rollt oder sich zu seinem Nachbarn hinüberbeugt, um ihm etwas zuzuflüstern. Aber es sieht tatsächlich so aus, als würde niemand merken, dass ich mit Frau Nielsen auf den Flur gehe, vielleicht weil alle so damit beschäftigt sind, sich die süßen Patenkinder vorzustellen, die uns bald zugewiesen werden.

Im Flur legt mir Frau Nielsen eine Hand auf die linke Schulter und führt mich in eine Ecke, in der wir sicher sind, wo sie mir ungestört sagen kann, was sie auf dem Herzen hat.

»Amanda«, beginnt sie feierlich.

Sie räuspert sich kurz, bevor sie weiterspricht:

»Zuerst will ich dir sagen, dass ich dich ganz unglaublich mutig finde. Du bist für dein Alter ungewöhnlich reif.«

An dieser Stelle hält sie kurz inne, als würde es den Worten, die sie sicherlich zu Hause vor dem Spiegel eingeübt hat, schwerfallen, in der geplanten Reihenfolge herauszukommen. Ich denke über den Wahrheitsgehalt ihrer Worte nach, denn während ich hier stehe, nass gespritzt und peinlich berührt, fühle ich mich alles andere als mutig und reif, ich fühle mich klein und dumm.

Räusper, räusper, Frau Nielsen bemüht sich, den Hals frei zu kriegen, und fährt etwas selbstsicherer fort:

»Warum ich dir das sage? Damit du begreifst, dass du nicht zufällig ausgewählt wurdest für eine ganz besondere Aufgabe in diesem Schuljahr. Dafür braucht es nämlich einen Menschen, der für sein Alter ziemlich erwachsen ist und bereit ist, einen besonderen Einsatz zu erbringen, damit andere sich wohlfühlen.«

Ihre Worte verwirren mich etwas, aber ich sage nichts. Ich frage mich, ob Frau Nielsen über so etwas Einfaches wie das Patendasein spricht. *Einen besonderen Einsatz erbringen, damit andere sich wohlfühlen* ist ja in vielerlei Hinsicht die exakte Jobbeschreibung eines Paten. Aber warum geht sie mit mir allein vor die Tür, um mir etwas zu erzählen, was sie schon der ganzen Klasse erzählt hat? Oder führt Frau Nielsen etwas ganz anderes im Schilde, will sie mich nach Afrika schicken, damit ich Kindern in einem Kinderheim in Simbabwe helfe?

Und außerdem, bin ich überhaupt ein Mensch, der einen besonderen Einsatz erbringt, damit andere sich wohlfühlen? Im Allgemeinen bin ich nett, mobbe niemanden, aber ich bin auch nicht diejenige, die bei einer Prügelei als Erste dazwischengeht oder es dem Lehrer gleich erzählt, wenn jemand auf dem Schulhof geärgert wird. Ich bin neutral.

Eine Position, die ich leider nicht länger innehaben werde, denn das, was Frau Nielsen mir jetzt erzählt, stellt meine kleine Welt komplett auf den Kopf, sodass sich alles, was heute passiert ist, dagegen wie ein Kindergeburtstag ausnimmt:

»Tja, Amanda, es ist nämlich so, dass wir in wenigen Tagen einen neuen Mitschüler bekommen, und du bist die Erste, die ich darüber informiere. Er heißt Lars und ist ein Mensch wie alle anderen, der aber vielleicht etwas zusätzliche Hilfe braucht, um sich an das Umfeld und die Routinen in unserer Schule zu gewöhnen.«

Frau Nielsen hat ganz schnell gesprochen und muss einmal tief Luft holen, bevor sie weiterspricht:

»Darum will ich, dass er dein Patenkind wird und nicht einer der vielen Erstklässler, die diesen Herbst an unserer Schule anfangen. Ich will, dass Lars überall dabei sein kann und von einer unserer allerbesten Schülerinnen lernt, nämlich von dir!«

Ich starre in die Luft. Das Schlimmste ist, dass Frau Nielsen diese Neuigkeit verpackt hat, als wäre sie ein wunderschönes Geschenk, und jetzt steht sie da und lächelt über das ganze Gesicht.

Mir schwirren unendlich viele Fragen durch den Kopf, aber ich kriege sie nicht schnell genug auseinanderdividiert, um auch nur eine einzige laut zu stellen. Es ist sowieso sinnlos, denn als mir gerade die erste und wichtigste Frage in den Sinn kommt, fällt mir Frau Nielsen ins Wort und macht die Situation noch schlimmer:

»Es gibt noch etwas, was du über Lars wissen solltest, er hat das *Down-Syndrom.*«

Auch das sagt sie, als handle es sich um ein aufwendig verpacktes Geschenk, über das ich mich wirklich freuen müsste. Fast ging ihre Stimme beim Wort Down-Syndrom noch einen Ton nach oben, als würde sie singen. Mich ärgert die Art, wie sie es gesagt hat, ebenso wie das, was sie gesagt hat.

Schließlich platzt es aus mir heraus:

»Down-Syndrom?«

Ich fühle mich plötzlich ziemlich dumm, ich weiß ja, was das Down-Syndrom ist, aber es sieht so aus, als hätte Frau Nielsen mit meiner Reaktion gerechnet, ihre Antwort kommt prompt:

»Ja, aber man sollte immer im Hinterkopf behalten, dass Lars weit mehr ist als seine Diagnose, er ist ein individuelles Geschöpf, vielleicht sogar mehr als wir anderen. Ohne dass er sich deshalb von uns unterscheidet oder anders ist. Er ist genau wie wir, wie du und ich, nur dass er zusätzlich das Down-Syndrom hat, was bedeutet, dass er etwas mehr Zeit und Hilfe braucht, um sich in dieser chaotischen Welt zurechtzufinden. Und an diesem Punkt kommst du ins Spiel, Amanda.«

Frau Nielsen ist mit ihrer Formulierung offenbar sehr zufrieden. Ich stehe immer noch da wie ein blinkendes Fragezeichen und versuche, die vielen neuen Informationen zu verarbeiten.

Ich soll also nicht Patin eines kleinen Sechsjährigen werden wie alle anderen in der Klasse. Stattdessen bekomme ich ein Patenkind, das genauso alt ist wie ich, das aber trotzdem einen Paten braucht, weil es neu an der Schule ist und außerdem das sogenannte Down-Syndrom hat?

Ehrlich gesagt weiß ich nicht, ob ich lachen oder weinen soll. Es fühlt sich an wie das Schlimmste, was mir passieren konnte. Schlimmer, als unglücklich verliebt zu sein und in der Öffentlichkeit nass gespritzt zu werden, und ich merke, wie mich diese Ungerechtigkeit wütend macht. Warum trifft es immer mich? Warum läuft nichts so, wie ich es will?

Frau Nielsen faselt etwas von einer großen Ehre und dass ich stolz auf mich sein könne. Aber während ich am Ende des Flurs stehe, von einer wohlwollenden Klassenlehrerin in die Ecke gedrängt, fühlt es sich wahrlich nicht so an. Es fühlt sich an wie eine Bürde. Als wäre mir gerade ein schwerer Stein in den Schoß gefallen, den ich für das restliche Schuljahr mit mir herumtragen soll.

Frau Nielsen hat ihre warmen Hände auf meine schmalen Schultern gelegt. Sie sieht mir tief in die Augen und versichert mir noch einmal, wie speziell, interessant und fantastisch das alles ist und dass ich mich jetzt nur noch freuen und vorbereiten kann. Ich nicke zustimmend, obwohl mein Kopf gleichzeitig meilenweit entfernt ist in einem Traumland, in dem ich nicht triefnass bin und in dem auch ich ein süßes Patenkind bekommen habe, das an keinem Syndrom leidet.

Mir ist ganz schwindlig, als ich schweren Schrittes zurück ins Klassenzimmer gehe. Wie eine Schlafwandlerin mache ich die Tür auf zu einem Raum, in dem die Stimmung noch genauso fröhlich ist wie vor zehn Minuten und wo niemand weiß, dass meine Welt gerade auf den Kopf gestellt wurde. Ich gehe schnurstracks in die Ecke, in der Kay und Sari sitzen, als wäre nichts passiert. Ich kann mir gerade gar nicht vorstellen, mit ihnen über das Vorgefallene zu sprechen, weil ich es nicht ertrage, dass sie Zeugen einer weiteren Niederlage werden. Als sie fragen, warum Frau Nielsen mit mir vor die Tür gegangen ist, flunkere ich ihnen etwas von Vorbereitungen für die Weihnachtsfeier vor. Es ist eine derart offensichtliche Lüge, dass Kay und Sari beide stutzen. Sie kneifen die Augen zusammen, fragen aber nicht weiter nach, weil sie wissen, wie schrecklich der heutige Tag schon für mich war. Was sie nicht wissen, ist, dass er gerade noch tausendmal schlimmer geworden ist.

Ich will nur nicht, dass ich etwas damit zu tun habe

Am nächsten Morgen sitze ich am Frühstückstisch und starre auf einen unsichtbaren Punkt vor mir in der Luft, ohne den Toast oder meinen Tee angerührt zu haben, den Mama vor mich hingestellt hat. Gut gelaunt schwirrt sie durch die Küche und trocknet das Geschirr, das sie gerade abgewaschen hat. Mama ist ziemlich klein und hat in ihrer Jugend nach eigener Aussage viel getanzt, darum steht sie fast nie still, sondern bewegt sich in Bögen, Kreisen und Pirouetten, die Hände voller Aufgaben, den Kopf voller Gedanken. Ihre Haare sind genau wie meine: brünett und widerspenstig, sodass selbst Kämmen nichts bringt, aber ihre Augen sind hellgrün und nicht blaugrau wie die von Papa und mir.

Mit einer eleganten Drehung gleitet sie von der Küchenzeile zu den Schränken, um eine Tasse wegzuräumen, die sie gerade abgetrocknet hat. Geräuschlos nimmt sie eine neue in die Hand und summt fröhlich, während sie weiter abtrocknet. Es dauert einen Moment, bis sie merkt, dass ich nicht ich selbst bin.

»Stimmt was nicht?«, fragt sie mit leicht schief gelegtem Kopf.

Sie ist stehen geblieben mit einer großen halb abgetrockneten Glasschüssel in der Hand. Die stellt sie jetzt auf die Küchenzeile und kommt zu mir an den Tisch.

Ich seufze schwer. Ich finde nicht den Mut, mich Mama gegenüber sofort zu öffnen. Ich hätte Lust, ihr alles zu erzählen, habe aber gleichzeitig das Gefühl, dass sie mir nur bei einer Sache helfen kann. Denn was weiß sie schon über das Verliebtsein? Ich bezweifle, dass sie jemals so verliebt war, wie ich es in Adam bin, aber vielleicht, möglicherweise weiß sie das eine oder andere über das Down-Syndrom.

»Was ist eigentlich das Down-Syndrom genau?«, lege ich los.

Sie wirkt fast erleichtert beim Gedanken daran, dass mich nichts Komplizierteres quält, folglich entspannt sie sich und lehnt sich auf dem Küchenstuhl zurück.

»Was genau das Down-Syndrom ist?«, wiederholt sie.

Ich fühle mich plötzlich etwas dumm, so wie mit Frau Nielsen gestern, ich weiß ja, was das

Down-Syndrom ist. Zumindest weiß ich, wie es aussieht. Ich habe schon Betroffene gesehen, in der Straßenbahn und im Park oder im Sommer am Strand. Sie sehen größtenteils wie normale Menschen aus, und doch nicht ganz. Sie unterscheiden sich leicht. So wie ein Schneeleopard einem normalen Leoparden ähnelt und doch leicht anders aussieht, weil er ein weißes Fell hat und seltener vorkommt.

Mama sitzt mir gegenüber und sieht mir freundlich in die Augen.

»Das Down-Syndrom ist eine Art Entwicklungsstörung«, antwortet sie selbstsicher. »Weshalb fragst du, Amanda?«

»Nur so«, lüge ich.

»Okay«, sagt Mama ruhig, bevor sie weiterspricht: »Das Down-Syndrom entsteht durch eine Chromosomenfehlbildung. Chromosomen sind kleine Bausteine, die sich in all unseren Zellen befinden und aus denen wir uns zusammensetzen, die sozusagen alles an uns festlegen, von der Augenfarbe bis zur Form unserer Zehennägel. Man spricht von einer ›Chromosomenfehlbildung‹, aber der Punkt ist, dass Menschen mit Down-Syndrom ein zusätzliches Chromosom haben, sodass man eigentlich denken könnte, es sei ein Vorteil.«

Ich nicke zustimmend. Ich denke an das zusätzliche Chromosom und versuche mir vorzustellen, wie es im Körper aussieht und in unseren Zellen, wenn man einen zusätzlichen Baustein besitzt, aber dann stelle ich fest, dass ich eigentlich gar nicht weiß, wie es in meinem Körper aussieht, das Gedankenexperiment ist also nicht ganz leicht.

Mama macht eine kleine Pause in ihren Erklärungen und sieht mich an. Sie versucht, meine Gedanken zu lesen, aber als es ihr nicht gelingt, fährt sie fort:

»Trotzdem führt dieses zusätzliche kleine Teil dazu, dass betroffene Menschen Dinge nicht so schnell lernen wie andere Kinder oder dass sie manchmal zusätzliche Hilfe benötigen. Das gilt auch im sozialen Bereich. Auch wenn die meisten Menschen mit Down-Syndrom eher fröhliche Menschen sind, brauchen sie mehr Hilfe und Zeit, um die sozialen Spielregeln zu erlernen.«

Ich nicke erneut, um ihr zu zeigen, dass ich verstanden habe. Es wundert mich nicht, dass Mama das Down-Syndrom in leicht verständlichen Worten erklären kann. Mama ist nämlich Politikredakteurin bei einer großen Zeitung und muss zu den undenkbarsten Zeiten Leuten, die es eigentlich nicht interessiert, politische Situationen in aller Welt erklären.

»Aber warum fragst du, Amanda?«

Jetzt schulde ich Mama eine Erklärung. Außerdem merke ich, dass ich mein Herz erleichtern muss, also springe ich ins kalte Wasser:

»Weil ich ein Patenkind bekommen soll, das so was hat.«

»So was hat? Das das Down-Syndrom hat?«, fragt Mama erstaunt.

Ich nicke.

»Na, so was? Wow! Wie interessant!«

Mama ist schwer beeindruckt. Ist ja spannend, denke ich, aber nicht im positiven Sinne. Nicht so, wie Rodelbahnen oder Geisterhäuser es sind. Ich denke eher, dass es anstrengend und stressig sein wird und Aufmerksamkeit auf sich zieht.

»Ich finde es nur keine gute Idee, dass ich ein Patenkind haben soll, das so anders ist als die Patenkinder der anderen«, gestehe ich.

Ich sehe, dass Mama enttäuscht von mir ist, aber das ist das Letzte, worüber ich mir jetzt Sorgen mache. Sie weiß ja nicht, dass Lars nur eins meiner Probleme ist.

»Ich verstehe, Amanda. Ich verstehe, dass es nicht einfach ist. Viele Eltern, die erfahren, dass sie ein Kind mit Behinderung bekommen sollen, machen einen Trauerprozess durch. Das sind ganz normale Gefühle. Ich finde trotzdem, dass du das Positive daran sehen solltest.«

Ich begegne ihrem Blick mit ausdruckslosen Augen. Sie schaut missbilligend zurück.

»Meistens werden diese Eltern am Ende zu stärkeren und klügeren Menschen. Und ich glaube, dass es auch dir so gehen wird, Amanda«, meint Mama optimistisch.

»Ich weiß nicht«, sage ich schmollend.

»Doch!«, fährt sie fort. »Da bin ich mir fast zu hundert Prozent sicher. Du wirst eine Menge lernen über Integration und Ebenbürtigkeit und nicht zuletzt über Nächstenliebe! Das wird deinen Horizont erweitern, Amanda! Daran musst du denken!«

Ich sehe, wie interessiert und wie froh sie für mich ist, aber ich kann ihren Eifer und ihre Freude leider nicht teilen.

»Eins ist jedenfalls sicher«, folgert sie, »du wirst an dieser Aufgabe wachsen, ob du es willst oder nicht.«

»Nee«, sage ich abweisend und stehe auf, um meinen Rucksack zu holen.

Sari steht bestimmt schon an der Ecke und wartet auf mich. Ich drücke Mama schnell einen Kuss auf die Wange, bevor ich mit gesenktem Kopf zur Haustür hinausgehe, um mich meinem tragischen Leben zu stellen.

Im Laufe der Nacht und des Morgens bin ich

zu dem Schluss gekommen, dass ich es Sari erzählen muss, weil ich wie üblich ihren guten Rat und ihre Umsicht brauche. Mir graut trotzdem ein bisschen, weil ich weiß, dass auch Sari enttäuscht sein wird, wie kindisch ich reagiere. Hätte Sari ein Patenkind mit Down-Syndrom bekommen, hätte sie es sicher einfach nur cool gefunden. Eine tolle Herausforderung. Warum hat Sari nicht mein Patenkind bekommen? Was hat sich Frau Nielsen bloß dabei gedacht, als sie mir diese Aufgabe übertragen hat?

Ich lasse den Kopf mächtig hängen, als ich die letzten Schritte auf Sari zumache, die geduldig an unserer Straßenecke auf mich wartet.

»Stimmt was nicht?«, fragt sie, als ich bei ihr ankomme, obwohl ganz offensichtlich ist, dass etwas nicht stimmt.

»Ich meine, etwas, was noch schlimmer ist als die Sache mit Adam?«, präzisiert sie.

Ich lasse sie ein paar Sekunden zappeln, bevor ich schlecht gelaunt brumme:

»Ich kriege ein Kind mit Down-Syndrom.«

Sari schweigt, bevor sie skeptisch nachfragt:

»Du kriegst ein Kind mit Down-Syndrom? Jetzt verstehe ich gar nichts mehr!«

Erst in dem Moment geht mir auf, was ich gerade gesagt habe und wie urkomisch es ist, und wir brechen beide in hysterisches Lachen aus. Aber genauso schnell, wie unser Lachkrampf kam, werden wir auch wieder ernst, und Sari fragt:

»Was willst du damit eigentlich sagen?«

Daraufhin erkläre ich ihr alles, auch das mit dem zusätzlichen Chromosom, und als ich fertig bin, gestehe ich ihr, dass mir unglaublich davor graut und dass ich das alles ganz schrecklich finde.

Sari hört geduldig zu und unterbricht mich nicht ein einziges Mal, während ich meine Vorurteile vom Stapel lasse.

»Verstehst du jetzt, dass mein Leben ruiniert ist? Erst Adam und dann das«, sage ich, »doppelte Krise.«

Sari lacht ein bisschen über mich und meine scheinbar tragische Situation, aber so wie ich sie kenne, wird sie mir jetzt erzählen, dass es so schlimm gar nicht ist.

»So schlimm ist es doch gar nicht«, sagt sie, »wir hatten sogar im Kindergarten ein Kind mit Down-Syndrom, und eigentlich hat es keinen Unterschied gemacht, weil sie mit uns gespielt hat und überall dabei war.«

»Okay«, antworte ich skeptisch, »war sie also ganz normal?«

»Normal?«, pariert Sari. »Nein! Wer will schon normal sein? Haha! Das nicht, aber sie hat auch nicht gesabbert oder so, falls es das ist, wovor du Angst hast.«

»Nein!«, antworte ich schnell, obwohl mir dieser Gedanke auch schon gekommen war: Was, wenn Lars sabbert? Ist es dann meine Aufgabe, ihm den Mund abzuwischen?

»Und selbst wenn er sabbern sollte, ist das doch auch kein Problem«, fährt Sari fort, »solange er nicht schlägt und beißt, aber das glaube ich nicht. Das hat das Mädchen in meinem Kindergarten jedenfalls nicht getan.«

Klasse. Kein Grund zur Sorge also. Solange der Junge mit dem Down-Syndrom nicht schlägt oder beißt, gibt es keine Probleme.

»Egal wie«, ich versuche verzweifelt, Sari den Ernst der Lage zu erklären. »Kannst du verstehen, dass ich das ziemlich schrecklich finde?«

»Chill mal«, antwortet Sari, »das ist Schicksal, oder? Da musst du jetzt durch. Aber wenn es dir hilft, können wir unsere Patenkinder gerne teilen, sodass mein Patenkind auch ein bisschen deins ist und Lars ein bisschen meins, dann sind wir alle eine große glückliche Familie!«

Saris Stimme klingt scherzhaft, aber ich weiß, dass sie es auch ernst meint, und ich merke, wie mich eine große Welle der Dankbarkeit erfasst. Solange ich Sari habe, kriege ich das meiste gewuppt, und das ist ein kleiner Trost in dem ganzen Schlamassel.

»Er kommt in unsere Klasse, das weißt du, oder? Er wird also die ganze Zeit da sein. Soll ich dann mit ihm herumhängen anstatt mit Kay und dir?«

Ich versuche, das Problem groß und deutlich erscheinen zu lassen, damit Sari meine Sorgen versteht und mich auch ein bisschen bedauert, aber Sari bleibt ganz cool:

»Der Lars kann doch einfach mit uns zusammen sein, oder?«, kontert sie, als wäre es die selbstverständlichste Sache der Welt.

»Ja, schon. Aber die ganze Zeit?«

»Äh, nee. Aber der hat doch bestimmt auch eigene Freunde, hast du daran schon gedacht, du eingebildete Schnepfe?«

Das hatte ich natürlich nicht, vollgestopft mit Vorurteilen, wie ich es bin. Ich hatte mir Lars tatsächlich nicht mit anderen Freunden vorgestellt, aber jetzt, wo Sari das so sagt, ist die Wahrscheinlichkeit schon groß, dass er welche hat.

»Okay …«, sage ich, als wir uns auf den Weg zur Schule machen und die nächste Straßenecke anpeilen, an der Kay auf uns wartet.

Saris unfassbare Unerschütterlichkeit hat mir ein wenig Selbstvertrauen gegeben und die winzige Hoffnung, dass es tatsächlich vielleicht sogar gut gehen könnte. Aber eigentlich nicht. Ich stelle mir vor, wie alles höchstwahrscheinlich ziemlich in die Hose geht.

Es ist ja nicht so, dass ich etwas gegen Menschen habe, die in ihrer Entwicklung zurückgeblieben sind, die anders sind oder anders aussehen. Ich will nur nicht, dass ich etwas damit zu tun habe. Ich kann sehr gut damit leben, alle Absonderlichkeiten der Welt von der Seitenlinie aus zu betrachten, und ich habe nicht das geringste Bedürfnis, mich mit ihnen auseinanderzusetzen oder sie zu einem Teil meines Lebens werden zu lassen.

Ich bin neutral: eine Art Mittelfeldspielerin, die zwar wichtig für ihr Team ist, deren allerwichtigste Aufgabe aber darin besteht, den Ball so schnell wie möglich ins Zentrum zu spielen, damit andere ein Tor schießen, das Trikot über den Kopf ziehen und total durchgeknallt über das Spielfeld rasen können, um sich feiern zu lassen. Eine Tormacherin bin ich nicht, aber es fühlt sich so an, als wäre ich gerade in diese Rolle gezwungen worden.

Kay trippelt ungeduldig auf der Stelle, als wir endlich bei ihm angekommen.

»Was ist los? Warum braucht ihr hundert Jahre, um hier anzukommen?«

»Sorry«, sage ich.

»Weil Amanda ein Patenkind mit Down-Syndrom bekommen soll«, entfährt es der immer ehrlichen Sari.

»Hä?«, antwortet Kay überrascht. »Wie meinst du das?«

Und so müssen wir auch Kay die Situation erklären.

»Wir müssen oder vielmehr ich muss die ganze Zeit mit Lars zusammen sein und aufpassen, dass er nicht von einer Schaukel plumpst oder einen Fußball an den Kopf kriegt und so weiter«, schließe ich missmutig.

»Jetzt bist du aber echt negativ«, wendet Kay ein. »Du musst ihm bestimmt nur zeigen, wo das Klo ist. Haha!«

Kay findet sich sehr witzig, aber ich hoffe, dass er recht hat und ich Lars nur zeigen muss, wo das Klo ist. Auch Sari lacht über Kay, wird aber schnell wieder ernst:

»Wir müssen vor allem dafür sorgen, dass Lars von niemandem gemobbt wird.«

»Klar«, antworte ich.

Und Kay nickt auch. Natürlich will ich nicht, dass er zum Mobbingopfer wird, aber meine größte Sorge ist trotzdem, dass ich selbst dazu werde.

Lars!

Auf dem Flur wird mächtig geschubst und gerempelt, vom Schulhof bis zum Klassenzimmer, aber jetzt sind wir alle hier versammelt. Alle bis auf einen. Alle bis auf Lars.

Der Lärmpegel ist hoch, weil Frau Nielsen noch nicht da ist. Jemand hat ein paar Blätter aus dem Papierkorb gefischt und einen »Schneeballkrieg« angezettelt, der quer durch das Klassenzimmer geht. Sari und ich haben unsere Plätze hinten in der Ecke eingenommen, als ein Papierschneeball auf meinem Pult landet. Ich habe meine Hände zwischen die Oberschenkel gesteckt, damit sie nicht so schlimm zittern, darum muss eine mittelmäßig begeisterte Sari den Papierschneeball zurückwerfen.

»Chill mal«, sagt Sari, die merkt, wie nervös ich bin.

Ich beachte sie kaum. Ich sitze still auf meinem Stuhl, aber durch meinen Kopf fegt ein heftiger Gedankensturm. Die schlimmsten Bilder zeigen einen Jungen, der brüllt und schreit und sabbert und schielt und mich am Pullover oder an den Haaren zieht. Was, wenn er nicht versteht, was ich sage? Wenn er sich und die anderen in seiner Nähe beim Essen bekleckert? Ich spüre, dass das Allerschlimmste passieren kann, sobald Lars leibhaftig durch die Tür stolpert und sabbernd auf mich, seine Patin, zukommt.

Es fühlt sich an, als würde mein Kopf von den vielen albtraumhaften Gedanken über Lars explodieren, aber dazwischen lauert auch der Gedanke an Adam, der bei mir immer noch Herzklopfen auslöst, wenn Adam spielend leicht Papierbällen ausweicht oder sie lachend weiterwirft und vor Freude nur so sprüht.

»Alles wird gut«, versichert Sari, aber ich schüttle demonstrativ den Kopf, um zu zeigen, dass ich ihr nicht glaube. Je mehr Sekunden vorbeiticken, umso nervöser werde ich, und könnte ich in einen Spiegel schauen, bin ich nicht sicher, dass ich mein leichenblasses Gesicht darin erkennen würde.

Frau Nielsen stürmt ins Klassenzimmer, die Arme voller Papierstapel, die sie auf dem Lehrerpult ablegt. Sie hebt die Hände, um Ruhe einzufordern. Es dauert ein paar Minuten, dann hat ihre Geste Erfolg, und schließlich sitzen alle auf ihren Plätzen. Frau Nielsen sieht uns an mit einer Mischung aus Interesse und Ernst.

»So, ihr Lieben«, sagt sie, »endlich ist die Zeit für die Verteilung der Patenkinder gekommen!«

Überall wird gewispert, und Frau Nielsen lässt die Spannung theatralisch steigern, bevor sie weiterspricht:

»Aber zuvor will ich euch noch über eine besondere Sache oder einen besonderen Menschen informieren.«

Jetzt hat sie die volle Aufmerksamkeit aller Schüler, auch meine, obwohl ich genau weiß, was kommt. Ich ergreife Saris Hand und drücke sie fest. Sie wimmert leise, wehrt sich aber nicht. Jetzt passiert es, denke ich.

»Ich möchte euch darüber informieren, dass wir einen neuen Mitschüler bekommen.«

Die Stille im Raum wird von kleinen Überraschungsäußerungen unterbrochen. Manche sehen einander gespannt an, andere flüstern lautlos, aber die Aufmerksamkeit bleibt auf Frau Nielsen gerichtet.

»Ja«, fährt sie fort, »das Ganze kommt ziemlich plötzlich, manchmal ziehen Menschen um oder beschließen plötzlich, dass sie auf eine andere Schule gehen wollen. Darum habe ich euch bisher nichts gesagt und euch nicht darauf vorbereitet. Ich bin trotzdem sicher, dass alles gut gehen wird. Wir wollen es zumindest hoffen.«

Frau Nielsen nickt uns zu. Erst jetzt fallen mir die Schweißflecken in ihren Achseln auf, die auf dem grünen Kleid dunkle Spuren hinterlassen.

»... Tja, ich will jetzt nicht noch länger drum herumreden, sondern unseren neuen Mitschüler begrüßen« – sie macht eine Kunstpause und ruft dann laut: »Willkommen, Lars!!!«

In einer theatralischen Bewegung breitet sie die Arme aus und bleibt so stehen, ohne dass etwas passiert. Verzweifelt unternimmt sie noch einen zweiten Versuch:

»Laaaars!!«

Dieselbe Armbewegung, aber kein Lars. Die anderen in der Klasse wissen ja nicht, was sie erwartet, und blicken sich ratlos um. Warum steht Frau Nielsen vor ihnen und schreit »Lars«?

Aber Frau Nielsen gibt nicht auf.

»So ein Mist aber auch ... Lars?«, sagt sie unsicher in die Luft und blickt zur Tür. Ihre Arme hat sie wieder fallen lassen. Eine sorgenvolle Falte zeichnet sich zwischen ihren kupferroten Augenbrauen ab, und sie schaut in die Klasse, als wüsste einer von uns die Antwort.

»Einen Augenblick bitte«, sagt sie und geht auf Zehenspitzen zur Tür.

Als sie noch einen Meter vom Türgriff entfernt ist, geht die Tür plötzlich auf. Frau Nielsen weicht erschrocken zurück und gibt einen leisen Angstschrei von sich. Einige in der Klasse grinsen, werden aber wieder ernst, als sie die zwei Personen entdecken, die dort hereinstürmen, beide sind gestresst und verschwitzt und japsen laut nach Luft.

»Es tut mir leid, dass wir so spät dran sind!«, stottert der eine, ein erwachsener Mann im grauen Anzug mit einem abgegriffenen Aktenkoffer.

Er steht neben einem Jungen in unserem Alter und versucht, wieder zu Atem zu kommen, um weiterzusprechen, aber Frau Nielsen ist schneller als der Mann und schreit jetzt lauter als zuvor:

»LARS!!«

Noch einmal breitet sie die Arme aus, sodass uns die Schweißflecken wie zwei tränende Elefantenaugen anstarren. Sie hat sich der Klasse zugewandt, wodurch die zwei Personen, von denen der eine, wie man leicht erraten kann, wohl Lars sein muss, fast von ihren großen Händen verdeckt werden.

»Das hier ist Lars!«

Frau Nielsen wirkt leicht panisch. Ihr Gesicht leuchtet auf, und ihre Augen glitzern tränennass, während sie heftig blinzelt. Es fällt uns schwer, die Aufmerksamkeit von ihr zu nehmen und auf die beiden Neuankömmlinge zu richten, die sich jetzt aufrichten. Der Mann stellt seinen Aktenkoffer auf den Boden und streicht sich mit einer kräftigen

Hand durch extrem widerborstige graue Haare. Er beugt sich zu Frau Nielsen und flüstert so laut, dass man es noch in der letzten Reihe hört:

»Ich weiß, wir hatten verabredet, dass wir hinter der Tür stehen, aber es ging heute Morgen alles nicht so schnell. Tut mir leid.«

Frau Nielsen errötet leicht und nickt zaghaft.

Alle in der Klasse können sehen, dass der neue Junge, der vor uns steht, in unserem Alter ist, aber alle können auch sehen, dass er nicht ganz so ist wie wir. Er ist etwas kleiner als die meisten, und sein Gesicht ist runder und kindlicher. Manche wirken neugierig, andere etwas verdattert, und mittendrin steht Lars und sieht ziemlich verängstigt aus. Er versteckt sich ein bisschen hinter dem Menschen, der wohl sein Vater ist.

In diesem Moment kommt er mir überhaupt nicht so schlimm vor, wie ich geglaubt oder gedacht hatte. Lars sieht ja fast normal aus. Er ist jedenfalls ganz normal angezogen, eine Jeans und ein helles T-Shirt, und aus seinem Mund läuft nicht ein einziger Tropfen Sabber heraus. Was hatte ich erwartet? Rote Hörner in der Stirn und einen Schnurrbart, der bis zu den Knien geht?

Vorne am Lehrerpult schreibt Frau Nielsen den Namen »Lars« mit verschiedenen Farben an die Tafel.

Lars steht immer noch verwirrt hinter seinem Vater, der jetzt das Wort ergreift:

»Hallo, alle zusammen.«

»Hallo«, antwortet die Klasse automatisch im Chor.

»Ich freue mich, hier zu sein«, fährt er fort. »Ich heiße Bent und bin der Vater von Lars.«

»Hallo, Bent!«, antwortet die Klasse gehorsam, »Hallo, Lars!«

Lars antwortet nicht, lächelt aber zaghaft.

Bent legt Lars eine Hand auf den Kopf, und Lars streckt seinen Kopf etwas vor, um uns besser sehen zu können.

Lars' Vater wirkt ganz nett. Er bückt sich und flüstert seinem Sohn etwas ins Ohr, der daraufhin grinst und nickt. Lars lässt seinen Vater los. Er richtet sich auf und schaut in die Klasse. Frau Nielsen hat seinen Namen an der Tafel mit Blumen verziert und ist gerade fertig, da öffnet er zum ersten Mal den Mund:

»Ich heiße Lars«, sagt er leise, aber stolz.

Aus der anderen Ecke hinten im Klassenzimmer ertönt plötzlich ein Kichern. Ich drehe mich um und sehe, wie sich Anna und Christina über ihre Smartphones beugen. Ich frage mich, ob sie über Lars lachen? Es sieht jedenfalls nicht so aus, als hätte Lars es gehört, er spricht nämlich weiter:

»Ich bin neu in der Klasse.«

Er kann das R nicht richtig aussprechen und lispelt ziemlich stark, aber ansonsten spricht er ganz verständlich. Erneutes Kichern von Anna und Christina.

Lachen sie über Lars? Oder bringt sie nur irgendein albernes Bild auf irgendeinem bescheuerten Blog zum Lachen? Es kann gut sein, dass sie über Annas Blog lachen. Anna hat im Sommer von ihren Eltern die Erlaubnis zum Bloggen bekommen, darum postet sie jetzt Schminktipps und anderen uninteressanten Blödsinn auf *annabananas*. Manchmal postet sie etwas, was witzig sein soll, wie zum Beispiel ein Selfie von sich und Christina mit einem komischen Mann im Hintergrund, der nicht ahnt, dass er gerade fotografiert wird. Das weiß ich nicht etwa, weil ich ihren Blog abonniert habe, sondern weil ich hin und wieder auf die Seite gehe, um bestätigt zu bekommen, wie doof die beiden sind.

Ich schaue wieder vor zu Lars, der immer noch dort steht und uns ansieht. Bent lächelt uns an, bevor er Lars vorsichtig die Schulter tätschelt und freundlich sagt:

»Das stimmt, Lars, und vorher bist du auf eine andere Schule gegangen.«

»Ganz richtig, Lars«, kommt es plötzlich von

Frau Nielsen, die Bent anstarrt und nicht Lars, mit dem sie eigentlich redet.

»Ganz richtig«, wiederholt Lars, wie um beiden recht zu geben. Dann spricht er weiter:

»Ich mag Harry Potter und Erdbeeren.«

Ein paar in der Klasse lächeln leise, und es scheint so, als hätten die meisten ein positives Bild von Lars und nicht das Bild eines Sabberfritzen, das ich vor mir gesehen hatte. Ich bin immer noch nervös, aber auch ich lächle Lars zu, während ich gleichzeitig aus den Augenwinkeln hinten in der anderen Ecke ein Smartphone erblicke, das unauffällig hochgehoben und gleich wieder gesenkt wird. Machen sie etwa Fotos?

»Fantastisch!«, jubelt Frau Nielsen, klatscht zweimal in die Hände und lächelt Bent an.

»Lars, du darfst gleich hier vorne bei mir sitzen«, fährt sie fort und zeigt auf das nächste Pult.

Lars geht still zu seinem Platz und setzt sich hin.

Bent steht immer noch vor der Klasse und Frau Nielsen daneben, sie starrt ihn an. Bent räuspert sich, um weiterzukommen:

»Tja, ich geh dann jetzt mal, oder?«

Frau Nielsen nickt stumm und ringt sich ein seltsames Lächeln ab, bei dem nur die obere Zahnreihe sichtbar ist. Bent verbeugt sich leicht und geht zur Tür. Dort bleibt er stehen, dreht sich um und winkt Lars zu, der zurückwinkt. Bent dreht sich wieder um und geht hinaus, und wir hören, wie er mit langen Schritten über den Flur läuft.

Die Klasse bleibt verwundert zurück. Keiner außer mir kann ernsthaft behaupten, dass er *damit* gerechnet hat: ein neuer Mitschüler mit Down-Syndrom und eine Klassenlehrerin, die nicht mehr ganz richtig tickt.

Nachdem Bent gegangen ist, scheint sich Frau Nielsen etwas zu beruhigen. Sie mahnt die Klasse zur Ruhe, obwohl wir ausnahmsweise einmal mucksmäuschenstill sind in Erwartung dessen, was jetzt passiert:

»Ruhig jetzt, alle miteinander. Das hier ist also Lars!«

Zum dritten Mal für heute zeigt sie auf ihn, als bestünde noch der geringste Zweifel daran, wer von uns Schülern Lars ist.

»Er geht also ab jetzt in unsere Klasse. Und ich bin sicher, dass ich für uns alle spreche, wenn ich sage, dass wir uns sehr freuen, Lars in der Klasse zu haben, und dass wir uns sehr dafür einsetzen werden, dass er sich bei uns wohlfühlt.«

Lars und die anderen Schüler nicken, und Frau Nielsen redet weiter:

»Bevor ich euch aufrufe und die Patenkinder

zuteile, will ich euch noch über etwas anderes informieren. Es soll keine Vorzugsbehandlung sein, sondern hat rein praktische Gründe, Amanda hat ihr Patenkind nämlich schon bekommen.«

»Was?!«, erklingt es plötzlich laut aus der Ecke am Fenster, und eine wütende Christina sieht nach Frau Nielsens letzten Worten endlich von ihrem Smartphone auf.

»Ja«, antwortet Frau Nielsen geduldig, »Amanda hat ihr Patenkind bereits gestern zugeteilt bekommen, und wenn sie selbst beschlossen hat, die Neuigkeit nicht mit euch zu teilen, müssen wir das respektieren.«

Die ganze Klasse hat sich jetzt zu mir umgedreht und wartet auf die Fortsetzung, als würde ich sie verraten. Ich rühre mich nicht, bewege keinen Muskel. Leider lässt mich das Duo in der Ecke nicht so leicht davonkommen:

»Amanda!«, kläfft Anna mich an. »Wer ist dein Patenkind?«

»Und warum hast du uns nichts davon gesagt?«, fällt Christina ein.

»Ähm«, antworte ich, komme aber nicht weiter.

Ich merke, wie Sari versucht, mir zu helfen, indem sie mich in die Seite knufft, aber ich kriege die Worte einfach nicht raus. Als würde der Satz:

Lars ist mein Patenkind in meiner Kehle feststecken und ließe sich weder herunterschlucken noch ausspucken.

Sari knufft mich noch etwas fester, und ich merke, wie mich alle anstarren. Ich lasse ein paar Sekunden verstreichen, bevor ich es endlich schaffe, die vier Buchstaben zu flüstern, die zusammen folgendes Wort ergeben:

»Lars.«

Keiner hat mich gehört. Und schon gar nicht Lars, der sich anders als die anderen nicht sonderlich für mich interessiert. Er hat mir den Rücken zugewandt und schaut aus dem Fenster. Frau Nielsen besinnt sich plötzlich wieder auf ihre erwachsene Rolle und hilft mir, so gut sie kann.

»Amanda, du musst jetzt deine Stimme benutzen, die einzigartig ist und nur dir gehört!«

Danke für den Tipp, denke ich, aber mir ist auch klar, dass ich in der Falle sitze und keine andere Wahl habe, als ihr zu gehorchen:

»Lars!«, sage ich ungewohnt laut und deutlich, und jetzt dreht Lars sich zu mir um. »Lars ist mein Patenkind.«

Und zum ersten Mal, seit Lars das Klassenzimmer betreten hat, begegnen sich unsere Blicke, und er lächelt kurz, bevor er sich wieder wegdreht und auf sein Pult starrt.

»Das stimmt!«, sagt Frau Nielsen und klatscht leise in die Hände.

Die anderen in der Klasse haben wieder angefangen, sich zu unterhalten. Alle wirken erstaunt, aber keiner wirkt speziell geschockt. Trotzdem spüre ich die Blicke auf mir, vor denen ich mich seit gestern fürchte. Augen, die mich anstarren, und Stimmen, die wispern und tuscheln, die Meinungen haben und sie von sich geben. Ich traue mich kaum, mich nach den Reaktionen umzusehen, aber mein Blick schweift zu Adam, der auf seinem Platz sitzt und mich direkt anschaut. Es fühlt sich an, als könnte ich mich an seinem Blick verbrennen, und ich sehe schnell weg, schiele stattdessen zu Anna und Christina hinüber, die wieder ganz in ihre Handys versunken sind, und ich weiß nicht, ob ich paranoid bin oder nicht, aber sieht es nicht so aus, als wäre die Handykamera direkt auf mich gerichtet?

»Okay, Kinder«, fährt Frau Nielsen am Lehrerpult fort, »ich glaube, wir machen es am besten so, dass ihr zu mir kommt, dann sage ich euch, wer euer Patenkind ist. Sobald ihr den Namen bekommen habt, will ich, dass ihr euch hinsetzt und einen Erwartungsbrief an euch sowie einen Willkommensbrief an euer Patenkind schreibt, den ihr morgen überreichen könnt, wenn wir uns alle treffen.«

Alle drängen nach vorne, um Erster in der Schlange zu sein, die sich sofort vor Frau Nielsens Pult bildet. Mitten in dem ganzen Chaos sehe ich Lars zwischen den zwanzig Körpern, die sich kreuz und quer durch den Raum bewegen. Er sitzt allein an seinem Platz, und seine Lippen bewegen sich, als würde er sich mit jemandem unterhalten, aber es ist niemand nahe genug, als dass die Worte an ihn gerichtet sein könnten.

»Solltest du nicht zu ihm gehen und Hallo sagen?«, fragt Sari, die neben mir sitzen geblieben ist.

»Schon«, antworte ich, aber drücke mich, weil ich Angst vor Lars' Reaktion habe, vor allem aber auch aus Angst vor dem Gerede der anderen.

Ich bleibe sitzen und zähle die Sekunden, bis ich genug Mut gesammelt habe, um zu ihm zu gehen. Ich bin gerade bei zwanzig angekommen, da werde ich plötzlich von einem lauten »HALLO!« in die Realität zurückgeholt.

Ich zucke zusammen, bis ich sehe, dass Lars direkt vor mir steht. Er muss sich unbemerkt durch das Wirrwarr im Klassenzimmer geschlängelt haben, während ich bis zwanzig gezählt habe, und jetzt steht er mit einem breiten Grinsen vor mir. Ich bringe es nicht über mich, sein breites Lächeln zu erwidern.

Das Chaos, das eben noch geherrscht hat, ist einer Grabesstille gewichen. Ich sehe, dass die meisten aus der Klasse ihre Plätze wieder eingenommen haben oder mitten im Raum stehen geblieben sind, als Lars »Hallo« zu mir gesagt hat. Alle Blicke sind auf Lars und mich gerichtet.

Lars steht ungeniert vor mir und wartet darauf, dass ich mich so weit gefasst habe, um meinerseits »Hallo« zu sagen, aber ich schaffe es nicht. Die reife, mutige Patin, die Lars zugewiesen wurde, steht wie belämmert vor ihm und interessiert sich mehr für das, was die anderen denken und sagen, als dafür, eine nette Patin zu sein.

Jetzt scheint es so, als würde Lars die Blicke der anderen ebenfalls bemerken, und mit unsicherer Stimme sagt er leise:

»Amanda.«

Lars sieht zu Boden und findet nur seine Schuhe. Ich bringe immer noch kein Wort heraus, und die Panik in mir wächst. Es kommt mir vor, als würden die anderen mich heranzoomen, und ich bilde mir ein, dass ich hören kann, wie Ohren gespitzt werden. Alle stehen um mich herum und warten ab, ob ich diesen Test bestehe. Vielleicht hat jemand Mitleid mit mir, vielleicht freuen sie sich aber auch auf meine bevorstehende Niederlage.

Trotzdem bringe ich kein Wort heraus. Nicht

eine einzige Silbe kommt über meine Lippen. Für die anderen in der Klasse sieht es vielleicht so aus, als würde ich auch keine großen Anstrengungen unternehmen. Für sie sieht es so aus, als säße ich kerzengerade da und würde Lars nur anstarren. Und die Angst in meinem Blick deuten sie vielleicht fälschlicherweise als Gemeinheit oder Vorurteil.

Ich schließe für drei Sekunden die Augen, bis ich endlich genug Mut aufbringe und sage:

»Amanda.«

Doch. Ich sage wirklich meinen eigenen Namen. Mut kann vieles sein, aber er ist nicht zwangsläufig logisch. Ein paar der anderen grinsen, aber die meisten in der Klasse respektieren komischerweise den Moment und rühren sich nicht.

Lars hebt den Blick und sieht mir direkt ins Gesicht. Er lächelt, und ich lächle zurück. Ich bin immer noch ziemlich nervös, aber ich zwinge mich dazu, noch mehr zu sagen:

»Amanda heiße ich. Und ich bin deine Patin an dieser Schule.«

»Ja, ich weiß«, antwortet Lars, bevor er mir abrupt den Rücken zukehrt und zu seinem Platz marschiert.

Hä? War das alles?

Ich bleibe zurück und rühre mich nicht, sehe zu, wie die Klasse langsam wieder zur Normalität zurückfindet: Geschwätz und Gelächter lösen die Stille ab, und niemand scheint sich mehr besonders für Lars oder mich zu interessieren. Ich drehe mich zu Sari:

»Okay?«

»Hm«, sagt sie, »ich würde sagen, es ist ganz gut gelaufen.«

»Okay«, wiederhole ich.

»Es ist jedenfalls nicht schlecht gelaufen.«

»Okay«, sage ich abschließend und fühle mich ziemlich bescheuert.

Ich sehe zu Lars hinüber und stelle fest, dass er erneut mit irgendwelchen Fantasiefreunden in ein Gespräch vertieft ist. Er gestikuliert und flüstert leise, und es sieht nicht so aus, als würde er auch nur einen Gedanken oder eine Sorge in seinem Gehirn auf mich verschwenden.

Maximales Pech

Hallo Lars,
ich finde es sehr schön, deine Patin zu sein. Du wirkst nett und freundlich, obwohl ich dich noch nicht sehr gut kenne. Ich bin auch nett und ziemlich witzig, das sieht man mir nur nicht immer an. Ich hoffe, dass wir uns besser kennenlernen, und sag Bescheid, wenn du hier in der Schule Hilfe brauchst oder wenn du Fragen hast.
Viele Grüße
Amanda

Das ist mein Willkommensbrief an Lars. Der Brief ist ziemlich kurz geraten, aber mir ist nicht mehr eingefallen, und außerdem hatte ich das Gefühl, das Wichtigste gesagt zu haben. Ich habe ihn gleich geschrieben, als ich gestern von der Schule nach Hause kam und lange grübelnd am Küchentisch gesessen habe. Er hat mich viel Zeit gekostet, auch wenn es vielleicht nicht so aussieht, weil er so kurz ist, aber ich wurde ständig von anderen

Gedanken und Überlegungen abgelenkt, die mir durch den Kopf schwirrten. Ein Teil der Gedanken drehte sich um Adam, aber das meiste waren gedankliche Szenarien, die mit Lars zu tun hatten: sabbernd, jaulend oder eigensinnig.

Ich habe auch versucht, einen Erwartungsbrief an mich zu schreiben, so wie Frau Nielsen es uns aufgetragen hat, aber ich glaube nicht, dass er ihren Vorstellungen entspricht. Hier ist er:

> *Liebe Amanda,*
> *das hier schreibe ich an mich, damit ich immer daran denke und es nie vergesse: HÖR AUF, Adam zu mögen. JETZT. Du enttäuschst nur dich und Sari. Er ist es nicht wert, und er wird dich niemals mögen, weil er ein egoistischer, eingebildeter Idiot ist, der dich für eine Missgeburt hält, die keinen Platz in seinem Leben verdient hat. Pass auf dich auf.*
> *Viele Grüße*
> *Amanda*

Der Brief ist sehr streng ausgefallen, aber er war nötig. Nachdem ich ihn zu Ende geschrieben hatte, habe ich ihn zusammengefaltet und in einen Briefumschlag gesteckt. Ich glaube kaum, dass ich ihn

Frau Nielsen geben werde, aber ich werde ihn wohl auch nicht wegwerfen. Als ich Sari davon erzählt habe, fand sie die Idee gut, ihn aufzuheben für den Fall, dass ich einen Rückfall an Liebeskummer erleiden sollte.

Jetzt sitze ich an meinem Pult im Klassenzimmer und schiebe den Brief an Lars von einer Hand in die andere. Ich scheue mich davor, ihn abzugeben, denn als ich heute Morgen in die Schule kam, hat Frau Nielsen als Erstes Adam neben Lars gesetzt.

Ich würde mich wirklich sehr freuen, wenn das kein Problem für mich wäre, aber es ist ein Problem. Auch wenn ich beschlossen habe, Adam nicht mehr mögen zu wollen, spüre ich immer noch einen körperlichen Sog beim Gedanken, ihm so nahe zu kommen.

Ich drehe mich zu Sari um, die neben mir sitzt und mit dem Bleistift auf dem Pult herummalt.

»Wie soll ich Lars den Brief übergeben?«, frage ich.

»Hm?«, brummt sie gelangweilt zurück.

»Hallo, Erde an Sari, ich habe ein großes Problem! Wie soll ich Lars meinen Patenbrief übergeben, wenn Adam gerade mal zwei Zentimeter neben ihm sitzt?«

»Tja. Geh zu ihm und gib ihm den Brief. Sag: Bitte schön, Lars, hier ist ein Brief für dich.«

»Äh, nein«, antworte ich mit einem kleinen Kloß im Hals.

»Warum nicht, Amanda?« Sari ist plötzlich sehr wach. »Hast du nicht das Gefühl, du müsstest endlich aufhören mit dem Rumgenerve über Adam? Bist du noch nicht über ihn hinweg? Hallo! Er hat dich mit Sprudel bespritzt!«

Saris Worte treffen mich wie ein Faustschlag, und ich glaube nicht, dass ich vor ihr verbergen kann, wie schlecht es mir geht. Ich höre mich ganz ruhig sagen: »Doch«, obwohl alles in mir ein einziger Schrei ist: »NEIN!«

Denk an deinen Erwartungsbrief!, flüstert mir meine innere Stimme zu. Wenn ich meinem Brief und mir treu bleiben will, sollte es ja eigentlich kein Problem sein, zu Lars zu schlendern und ihm den Briefumschlag zu überreichen. Und wenn ich Sari ein für alle Mal davon überzeugen kann, dass ich Adam wirklich nicht länger mag, gibt es keine bessere Gelegenheit, es ihr zu beweisen.

Darum tue ich es.

Mein Körper setzt sich langsam in Bewegung. Er beginnt mit einem noch zögerlichen rechten Fuß auf dem Boden. Ganz allmählich folgt der linke Fuß, und mithilfe beider Hände schaffe ich es, mich vom Stuhl zu erheben und in eine stehende Position zu bringen.

Langsam bewegen sich meine Füße über den Boden, ganz und gar nicht im Takt mit meinem Herzen, das sich fast durch meine Brust hämmert. Meine Hände werden kalt und feucht.

Aber ohne dass jemand merkt, wie seltsam ich mich eigentlich benehme, schaffe ich den ganzen Weg bis zu Adam und Lars am vordersten Pult.

»Hallo«, sage ich mit annähernd normaler Stimme.

»Hallo«, sagt Lars und lächelt.

Bisher läuft es ja ganz gut. Es scheint sogar so, als würde Adam meine Anwesenheit gar nicht bemerken, jetzt, wo ich ihn nicht länger mag.

»Ich habe einen Brief für dich, Lars«, sage ich, »darum bin ich hier.«

Ich sage es laut und deutlich, um bei Adam alle Zweifel auszuräumen, falls er sich einbilden sollte, ich hätte andere Gründe, um an sein Pult zu kommen.

Ich ziehe den Brief aus der hinteren Tasche meiner Shorts. Er ist leicht zerknittert, darum versuche ich, ihn wieder zu glätten, indem ich ihn mit den Händen zusammenpresse.

Dabei drücke ich wohl etwas zu fest, sodass meine Hände aneinander vorbeischrappen, der Briefumschlag herausrutscht und langsam zu Boden fällt.

Bevor Lars oder ich reagieren können, ist Adam schon unter dem Pult und hebt den Brief auf. Er reicht ihn mir, aber ich schaffe es nicht, die Hand auszustrecken und ihn entgegenzunehmen. Was mache ich bloß? Warum erstarre ich gerade jetzt? Tu was! Irgendwas!

Ich schaue hoch, bis ich fast Adams Blick begegne, und sage geradeheraus:

»Deine Frisur sieht schrecklich aus.«

Die ganze Welt erstarrt, als wären wir alle in einer Zeitmaschine mit Motorschaden gefangen.

Was habe ich gerade gesagt? Habe ich es laut gesagt? Warum um Himmels willen habe ich das gesagt?

Das Einzige, was mir jetzt einfällt, ist, Adam den Brief zu entreißen. Ich halte ihn ein paar Sekunden mit meinen zitternden Händen fest, bevor ich ihn Lars überreiche und ein »Bitteschön« herauspresse.

Dann düse ich zurück zu Sari, die sofort kapiert, dass etwas ganz und gar nicht stimmt.

»Was ist passiert?«, fragt sie erschrocken.

»Was hab ich bloß getan?«, frage ich und starre sie angsterfüllt an.

»Keine Ahnung! Was hast du denn getan?«

»Ich habe zu Adam gesagt, dass seine Frisur schrecklich aussieht«, keuche ich.

»Was hast du getan?«, zischt sie zurück.

Sie sieht mich an, und ihr Blick, der zuerst von einem Schock zeugt, weicht langsam einer Mischung aus Enttäuschung und Mitleid.

»Aber, Amanda«, sagt sie, »es hört sich ja so an, als würdest du ihn immer noch mögen? Oder hast du etwa angefangen, ihn zu hassen?«

»Letzteres«, sage ich, aber ich glaube, sie durchschaut meine Lüge.

»Wenigstens hast du den Brief abgegeben«, sagt Sari resigniert.

»Ja«, seufze ich, kann das Positive daran aber nicht erkennen.

Ich verstecke mein Gesicht in den Armen, die schon schlaff auf dem Pult liegen. So sperre ich die Umwelt aus und lasse den Tagträumen über meine Sommerferien freien Lauf, in denen ich kein anderes Problem hatte, als dass die Sonne zu oft schien. Ich bin gerade in meine neue Traumwelt abgetaucht, da zwickt mich Sari in die Seite, und ich schrecke auf.

»Was ist?«, frage ich genervt.

Sie sagt nichts, deutet lediglich mit dem Kinn an mir vorbei. Mir ist klar, dass ich mich umdrehen soll, um zu verstehen, was sie will, und als ich es tue, fällt mein Blick auf ein Gesicht, das von braunen Locken eingerahmt wird.

»Adam!«, piepse ich.

»Ähm«, sagt er, »kann es sein, dass du den falschen Brief abgegeben hast?«

»Hä?«

»Ich glaube, du hast Lars den falschen Brief gegeben. Er beginnt mit ›Liebe Amanda‹.«

Adam sieht mich nicht an, sondern starrt auf einen unsichtbaren Punkt über meinem Kopf. Beherrscht streckt er mir die Hand hin, in der er den blöden Erwartungsbrief hält, den ich mir gestern Abend geschrieben habe, nicht den Willkommensbrief für Lars.

»Ach so«, sage ich und merke, wie mir die Röte den Hals hochsteigt.

»Danke«, kommt es höflich von Sari, die kapiert hat, in welcher Krise ich mich befinde. Und da ich weder atmen noch etwas sagen kann, fährt sie fort:

»Lieb von dir, dass du ihn zurückgibst. Hast du ihn denn gelesen?«

»Ja«, antwortet Adam, »weil Lars nicht kapiert hat, was darin steht und warum Amanda ihm das geschrieben hat, darum hat er ihn mir gezeigt.«

Er legt den Brief auf mein Pult.

»Hast du eigentlich auch einen Brief, den du Lars geben möchtest?«, fragt er.

Er tut so, als hätte er gerade keinen Brief gelesen,

in dem ich meine Verliebtheit zugebe und ihn zu allem Überfluss einen egoistischen, eingebildeten Idioten nenne, und als hätte ich nicht gerade zu ihm gesagt, dass seine Frisur schrecklich aussieht.

Langsam nehme ich den Rucksack hoch und wühle darin herum. Ziemlich bald streifen meine Finger einen anderen Brief, der ebenfalls in einem weißen Briefumschlag steckt, und als ich ihn heraushole und umdrehe, entdecke ich den Namen LARS, der in Blockschrift vorne draufsteht. Ich kann schier nicht glauben, dass mir so ein Fehler unterlaufen ist, als ich Adam den Brief reiche und leise »Danke« murmle.

Er dreht sich ganz ruhig um und geht zurück zu Lars, der, wie ich sehe, erwartungsvoll auf der Stuhlkante sitzt und auf Adam und den richtigen Brief wartet.

Ein kleiner Anfall von Wut durchzuckt mich beim Anblick von Lars. Dass er mir Probleme bescheren würde, hatte ich erwartet, aber dass es so schlimm werden würde, hatte ich in meinen schlimmsten Albträumen nicht vorhergesehen.

»Sari, ich bin erledigt«, piepse ich. »Ich kann nicht glauben, dass Lars Adam den Brief gegeben hat!«

»Aber *du* hast ihm doch den falschen Brief gegeben.«

»Ja«, räume ich ein, ohne Lars zu verzeihen.

»Jetzt weiß er alles«, sage ich traurig und knalle die Stirn auf das Pult.

»Maximales Pech«, sagt Sari und streicht mir mit der Hand über den Kopf.

Der dritte Schultag hat gerade erst begonnen, und ich wünsche mich schon weit weg in ein anderes Land. Am liebsten an einen Ort, wo es keine Wörter gibt und keine Briefe und an dem man sich auch nicht ineinander verliebt.

Schneckenschleim und Caffè latte

Ich hatte überlegt, heute nicht in die Schule zu gehen, konnte Papa aber nicht davon überzeugen, dass ich krank bin, darum schleppe ich mich jetzt über den verregneten Schulweg.

Als ich in die Schule komme, liegt ein kleiner Briefumschlag auf meinem Pult, auf dem vorne in etwas ungelenker Schrift und in Großbuchstaben mein Name steht. Ich mache ihn auf und fische den Brief heraus, der darinsteckt. Als ich ihn auseinanderfalte, weiß ich sofort, von wem er ist, das halbe Blatt ist schon für die Unterschrift draufgegangen: L A R S.

Ich überlege kurz, ihn nicht zu lesen, ihn einfach zusammenzuknüllen und wegzuwerfen, weil ein kleiner Teil von mir Lars wegen gestern noch böse ist, obwohl ich weiß, dass es meine eigene Schuld war.

Der Brief ist kurz, aber der Inhalt ist wichtig:

Hallo Amanda,
Danke für den Brif.
Ich finde dich wizig. Auch wenn du gesagt hast, dass Adam eine schrekliche Frisur hat.
Willst du zu mir nach Hause kommen?
(Riesige Unterschrift)

Ob ich mit zu Lars nach Hause kommen will? Nur wir zwei? Der Gedanke behagt mir gar nicht. Was sollen wir dort? Und wenn wir keine Gemeinsamkeiten haben oder kein gemeinsames Thema? Wenn der Besuch nur langweilig ist oder schlimmstenfalls peinlich? Es ist nicht einfach, jemanden das erste Mal zu Hause zu besuchen, egal, ob er das Down-Syndrom hat oder nicht. Ich hatte mir vorgestellt, dass sich die Pflichten der Patenschaft auf die Schule beschränken und keine Hausbesuche umfassen.

Aber aus irgendeinem Grund – vielleicht weil ich ein schlechtes Gewissen habe, dass ich Lars die Schuld an der Briefkatastrophe in die Schuhe schiebe – beschließe ich ziemlich schnell, die Einladung anzunehmen.

Ich bin früh dran, und das Klassenzimmer ist fast noch leer. Nur ich und zwei andere sind da und Lars, der allein an seinem Pult sitzt. Adam ist zum Glück noch nicht gekommen, diesmal ist es also kein Problem, zu Lars zu gehen. Er redet leise vor sich hin und formt mit den Fingern Symbole. Davon abgesehen, sieht er nicht besonders beschäftigt aus, darum gehe ich zu ihm.

»Hallo«, sage ich.

Lars wird aus der Welt herausgerissen, in der er sich gerade befindet, und sieht mich erschrocken an, aber er scheint sich zu freuen, als er mich sieht.

»Hallo«, antwortet er schnell.

»Was machst du da?«, frage ich, frage es mich schon länger. Was bedeuten die Symbole, die er mit seinen Fingern formt?

»Zaubern«, antwortet Lars.

Ah ja.

»Okay«, antworte ich und versuche, meine Skepsis zu verbergen.

Einen Augenblick ist es still, es ist aber nicht unangenehm.

»Danke für deinen Brief«, sage ich.

Lars lächelt schüchtern und starrt vor sich auf den Tisch.

»Ich komme gern zu dir nach Hause.«

Lars sieht hoch und lächelt mich erwartungsvoll an.

»Wann?«, fragt er.

»Ich weiß nicht. Wann passt es denn?«

»Heute.«

»Ja, okay«, sage ich, ohne darüber nachzudenken. Ich hatte nicht damit gerechnet, dass es so schnell gehen würde, aber warum nicht?

»Abgemacht?«

Lars nickt.

»Wir können uns um zwei auf dem Schulhof treffen?«

Lars nickt noch einmal.

»Okay«, sage ich, um die Verabredung ein weiteres Mal zu bestätigen, aber auch, weil mir nichts mehr einfällt, was ich sagen oder worüber wir reden könnten.

»Tschüss«, sage ich.

»Tschüss«, sagt Lars und dreht sich wieder zum Pult.

Als ich mich an meinen Platz setze, merke ich, dass ich ein winziges bisschen stolz bin. Jetzt kann mir niemand mehr vorwerfen, keine gute Patin zu sein. Die Chemie zwischen Lars und mir ist vielleicht nicht gerade die beste, aber sie ist auch keineswegs schlecht.

Der restliche Schultag verläuft ohne größere Ereignisse, nicht einmal Adam beschert mir weitere Herzsprünge. Nach dem gestrigen Vorfall mit dem Brief fällt es mir plötzlich leichter, ihn zu meiden, ich habe auch keine andere Wahl. Er weiß, dass ich ihn mag, und die einzige sinnvolle Taktik besteht darin, mich komplett unsichtbar zu machen.

Nach der letzten Stunde sitzen Sari und ich in einer Ecke des Schulhofs, halb hinter einem Klettergerüst, zusammen mit Saris Patenkind Terje, der einfach drauflosplappert und Dinge erzählt, die uns nicht die Bohne interessieren: »… vier Dinosaurier, von denen keiner gewusst hat, dass es die gibt! Aber die haben sie in Afrika gefunden!«

So geht es schon seit einer Weile, und Sari und ich nicken und spielen mit. Es ist zehn vor zwei, und Sari möchte Terje nach Hause begleiten, hat aber gesagt, dass sie zusammen mit mir auf Lars warten können, der in der letzten Stunde Förderunterricht hat. Ich bin unendlich froh, dass ich nicht allein hier stehen muss, um auf Lars zu warten. Anna und Christina hätten mich garantiert nicht in Ruhe gelassen, sondern wären auf mich zugekommen und hätten verlangt, dass ich ihnen verrate, auf wen ich warte und was wir vorhaben. Dass ich bei Lars zu Hause eingeladen bin, habe ich nur Sari erzählt. Wenn die restliche Klasse erfährt, dass ich meine Freizeit mit Lars verbringe, glauben sie bestimmt, dass ich es gern tue und ihn mir vielleicht selbst als Patenkind ausgesucht habe.

Es dauert nicht lange, da taucht Lars am anderen Ende des Schulhofs auf. Er kommt direkt auf uns zu, aber ich glaube nicht, dass er uns sieht. Ich verabschiede mich von Terje und Sari, stehe auf und gehe ihm entgegen, treffe ihn etwa in der Mitte des Schulhofs zwischen den Fußballtoren.

Wir begrüßen uns, dann wird es still. Worüber sollen wir uns jetzt unterhalten? Worüber sollen wir uns den restlichen Tag unterhalten?

Ich beschließe, mit den praktischen Dingen anzufangen.

»Weiß dein Vater, dass ich mit zu euch nach Hause komme? Glaubst du, es ist für ihn okay?«

Lars nickt kurz.

»Okay«, sage ich, »wollen wir los? Wo wohnst du?«

»Komm mit!«, sagt Lars plötzlich theatralisch, dann verlässt er entschlossenen Schrittes den Schulhof und biegt auf dem Bürgersteig scharf nach rechts. Er geht so schnell, dass ich kaum mitkomme, und ich muss grinsen, wie ernst Lars plötzlich ist.

»Alle Mann an Bord!«, fährt er fort, als wären wir Piraten auf dem Weg zu ihrem Schiff.

»Ai, ai, Sir«, antworte ich halb im Scherz.

Lars nimmt die Situation ganz ernst.

Wir reden nicht mehr viel auf dem Weg zu Lars nach Hause, der sich als ziemlich kurz herausstellt. Als wir bei ihm ankommen, schließt er die Tür auf, wirft den Rucksack in die Ecke, schleudert die Schuhe weg und marschiert in Richtung Küche.

Ich lasse es etwas gemächlicher angehen, stelle den Rucksack in die Ecke und meine Schuhe fein säuberlich nebeneinander. Dann folge ich Lars in eine Wohnung, die sehr ansprechend und extrem unordentlich ist. An den Wänden stapeln sich Bücher und Papiere, Handschuhe und Schuhe liegen überall verstreut an Stellen, wo kein Mensch sie normalerweise ablegen würde, zum Beispiel auf einem riesigen Bücherstapel oder zwischen zwei dicken Büchern. Halb ausgepackte Umzugskisten stehen kunterbunt durcheinander im Gang, und als ich zufällig in eine hineinschaue, sehe ich, dass sie voller Badezimmersachen ist, ein wirklich ungewöhnlicher Aufbewahrungsort.

Ich gehe weiter durch den schmalen Flur, der auf beiden Seiten vollgestellt ist. In einem alten Spiegel an der Wand sehe ich mich selbst, vielmehr eine Version von mir. Der Spiegel ist nämlich so alt, dass das Glas gesprungen ist und mein gewohntes Spiegelbild eine andere Form angenommen hat. Ich muss lachen, ich sehe aus wie eine uralte Frau mit zwei Nasen.

Ich gehe der Musik nach, die aus einem Zimmer am Ende des Flurs zu kommen scheint. Ich glaube, es ist eine Oper, zumindest sind kräftige, hohe Männerstimmen zu hören, es klingt sehr dramatisch und passt gut in dieses Haus, finde ich. Als ich am Ende des Flurs ankomme, öffnet sich vor mir eine große blaue Küche, und ich entdecke Lars, der an einem großen Holztisch sitzt. Zwei hohe Fenster hinter ihm lassen das sommerliche Licht herein und stehen in blendendem Kontrast zu dem dunklen, staubigen Flur.

Auch hier ist es unordentlich: Mehltüten und Olivenölflaschen stehen kunterbunt durcheinander, hier ein Kochbuch, dort eine Zeitung oder zwei. Halb leere Weinflaschen und frische Kräuter, eine Salatschüssel steht neben einer Cornflakespackung, die neben einer Kaffeemühle steht. Ich muss an unsere eigene Küche denken, picobello und blitzblank, in der immer ein schwacher Seifengeruch in der Luft hängt, kein Gegenstand herumliegt oder herumsteht und kein einziges Lebensmittel zu sehen ist. Ich muss sagen, dass diese Version weitaus appetitanregender ist.

Ich bleibe in der Tür stehen, und erst jetzt fällt mein Blick auf Bent. Er steht mit dem Rücken zu mir an der Spüle und scheint von irgendetwas völlig absorbiert zu sein. Lars winkt mich zu sich heran, dann mahnt er mich zur Ruhe, indem er einen Zeigefinger vor den Mund hält. Als ich bei ihm bin, flüstert er leise:

»Bent weiß nicht.« Dann hält er sich mit beiden Händen den Mund zu, um ein Kichern zu unterdrücken.

Ich lächle verschwörerisch zurück und setze mich auf den Stuhl neben Lars. Die Musik ist ziemlich laut, und Bent hat noch nicht gemerkt, dass wir da sind. Erst als er sich mit der Spülbürste in der einen Hand und einer Kaffeetasse in der anderen umdreht, fährt er zusammen.

»LARS!«, brüllt er, sodass der Kaffee über den Rand der Tasse schwappt und auf dem Boden kleine Pfützen bildet.

Aber er wirkt nicht wütend, und innerhalb von zwei Sekunden bricht er in lautes Lachen aus, genau wie Lars.

Bent schüttelt gespielt missbilligend den Kopf und dreht sich um, um Tasse und Bürste in die Spülschüssel zu legen. Er geht zum Radio und stellt die Musik leiser, sodass sich eine behagliche Stille ausbreitet.

»Hallo, Amanda«, sagt er und wendet sich wieder uns beiden zu, »wie schön, dass du kommen konntest.«

»Hallo«, antworte ich vorsichtig.

»Lars hat mich von der Schule aus angerufen und gesagt, dass er dich heute zu uns eingeladen hat. Das war äußerst spontan, aber das ist typisch

Lars. Er ist ein sehr entschlossener Mann, das wirst du bestimmt noch merken.«

Lars kichert erneut. Und Bent spricht weiter:

»Hätte ich gewusst, dass wir heute Besuch bekommen, hätte ich natürlich aufgeräumt.«

»Trink verifiserum!«, pariert Lars.

»Was willst du damit sagen, Lars? Bist du der Meinung, dass ich lüge?« Bent lässt seine Stimme ganz streng klingen, während er drohend auf Lars zugeht.

Lars windet sich ein wenig auf dem Stuhl, hebt die rechte Hand, die er lose zu einer Faust geschlossen hat, als würde er etwas umschließen, und proklamiert aus vollem Halse:

»Vingardium leviosa!«

Bent erstarrt auf der Stelle und verharrt mit einem Fuß auf dem Boden, mit dem anderen in der Luft.

Dann lachen beide wieder herzhaft.

Was um Himmels willen geht hier vor?

»Gut gekämpft, Lars«, brummt Bent fröhlich.

»Und ich glaube, du hast nicht unrecht, ich lüge, wenn ich behaupte, dass ich aufgeräumt hätte, hätte ich gewusst, dass du kommst, Amanda. Aufräumen ist nicht gerade meine Stärke.«

Er macht sich wieder an den Abwasch, hält dabei aber das Gespräch am Laufen:

»Magst du Harry Potter, Amanda?«

»Ähm«, zögere ich, bevor ich zugebe, dass ich tatsächlich keins der Bücher gelesen habe.

Lars ist entsetzt.

»Aber ich habe fast alle Filme gesehen!«, schiebe ich schnell hinterher.

Lars schüttelt den Kopf, lobt mich aber doch mit einem kurzen »Gut«.

»Tja«, sagt Bent, »dann gibt es noch einiges für euch zu tun, sehe ich. Harry Potter ist Lars' Muttersprache, wenn du die nicht verstehst, wird das nichts mit dicker Kumpel und so, stimmt's, Lars?«

»Stimmt«, sagt Lars.

Ich bin etwas verunsichert, weiß nicht, ob sie Spaß machen oder nicht, aber eins weiß ich, dass ich mein Harry-Potter-Wissen auffrischen muss, um ein dicker Kumpel von Lars zu werden, aber auch, um die gute Patin sein zu können, die ich sein will.

»Was steht heute auf dem Speiseplan?«, fragt Lars.

»Auf dem heutigen Speiseplan stehen rostige Ritter mit Schneckenschleim und Caffè latte! Ist das was für dich, Amanda?«

Ich nicke kurz, ohne genau zu wissen, wozu ich gerade Ja gesagt habe. Bent legt los und findet wie durch ein Wunder alles, was er braucht, gut versteckt hinter all den anderen Sachen, die die Küchenzeile bevölkern. Im Hintergrund läuft noch leise die Oper, und Bent summt mit, so gut er kann. Lars holt Malsachen und Papier heraus und legt sie vor uns auf den Tisch. Er schreibt zuerst ein A, dann folgt ein C. Ich sitze da und schaue ihm zu, bevor ich frage:

»Was schreibst du da?«

»Zauberformel«, antwortet Lars.

Na klar. Daran muss ich mich wohl gewöhnen.

»Du auch«, sagt er und schiebt mir Papier und Stifte hin.

Ich begreife schnell, wie das Spiel funktioniert, es gilt, neue Zauberformeln zu bilden oder Wörter, die etwas bewirken, wenn du sie laut vor dich hin sprichst und dabei mit einem unsichtbaren Zauberstab durch die Luft wedelst. Man schreibt Wörter auf das Blatt Papier, überlegt sich, wofür die Formel steht, und testet sie in der Küche, bevorzugt mit Bent als Versuchskaninchen. Manchmal wirkt sie, manchmal nicht, was hauptsächlich Bent entscheidet.

Lars versucht, seinem Vater ein Paar rosa Hasenohren zu verpassen. Bent erzählt mir, dass Lars das schon lange versucht, es zum Glück aber bisher nicht geschafft hat. Beide glauben, dass die Buchstaben in der Zauberformel nicht ganz stimmen, ein C an der falschen Stelle oder ein fehlendes Z, und plötzlich sind Lars und ich voll und ganz damit beschäftigt, den richtigen Zauberspruch zu finden, der Bent ein Paar rosa Hasenohren beschert.

Jeder neue Versuch wird an Bent getestet, das Ganze ist total witzig. Es ist lange her, dass ich so viel und so ausgiebig gelacht habe. Ich muss zugeben, dass ich nie auf die Idee gekommen wäre, das Spiel mit meinen anderen Freunden zu spielen, es wirkt etwas kindisch und albern, aber hier in dieser Küche kommt es mir vor wie die natürlichste Sache der Welt. Ich amüsiere mich so gut wie lange nicht mehr und vergesse absolut alle Sorgen.

Der Nachmittag geht weiter mit rostigen Rittern und Schneckenschleim, der sich in Realität als Marmelade entpuppt. Ich frage nach Elfenkacke, und Bent und Lars lachen hysterisch, als ihnen klar wird, dass ich Zucker meine, der auf der anderen Seite des Esstischs steht. Wir trinken Caffè latte, der eigentlich aus heißer Milch mit Zimt besteht, und bekommen Sommeräpfel zum Nachtisch, die Lars »Glückskugeln« nennt. Wir unterhalten uns über alles Mögliche, aber vor allem über Harry Potter und andere Zauberdinge, und mit der Zeit lerne ich die passende Sprache.

»Hermine wird also gemobbt, weil sie eigentlich gar keine richtige Hexe ist, aber trotzdem am besten zaubern kann?«, fasse ich zusammen, was Lars gerade erklärt hat.

»Yes. Sie ist besonders, darum mögen die anderen sie nicht, weil sie besser ist.«

»Verstehe«, antworte ich und denke über den Satz nach.

Ich werde aus meinen Gedanken gerissen, als eine Uralt-Uhr, die mir bisher noch nicht aufgefallen ist, plötzlich sechsmal schlägt. Ich bin seit fast vier Stunden hier! Ohne auch nur ein einziges Mal auf mein Handy geschaut und ohne mich auch nur eine Sekunde gelangweilt zu haben.

»Ich glaub, ich muss los«, sage ich und stehe auf.

»Danke für deinen Besuch«, sagt Lars, ohne von dem Blatt Papier mit den Zauberformeln aufzusehen.

Bent muss darüber schmunzeln und begleitet mich zur Tür.

»Du bist hier jederzeit willkommen, Amanda, dass du das weißt. Es war sehr schön, dich kennenzulernen«, sagt er, als wir zwischen unzähligen Mänteln und staubigen Kisten in der Diele stehen.

»Dasselbe gilt umgekehrt«, antworte ich bescheiden und nehme meine Schuhe und meinen Rucksack, die in all dem Chaos ordentlich in der Ecke stehen.

Mein Handy hat den ganzen Nachmittag im Rucksack gelegen, und als ich einen Blick darauf werfe, entdecke ich zwei ziemlich strenge Nachrichten von Mama:

»17 Uhr Essen« und »Wo bist du? Melde dich«.

Ich spüre einen Stich im Bauch, mein schlechtes Gewissen, aber der Grund für meine Verspätung ist so gut, denke ich, dass ich es mir nicht allzu sehr zu Herzen nehme. Ich freue mich sogar darauf, nach Hause zu kommen und Mama und Papa von meinem Tag zu erzählen, gleichzeitig beschließe ich, Kay und Sari nichts davon zu verraten. Jedenfalls keine Details zu Zauberformeln und Schneckenschleim.

Tantatum faktotum

In der Schule wirkt es so, als würden Lars und ich uns nicht kennen. Ich bin viel mit Kay, Sari und ihren Patenkindern zusammen, und Lars hängt mit den anderen Jungen in der Klasse herum. Oder eher um sie herum. Schwer zu sagen, wie sehr er sich beteiligt. Aus der Ferne sieht es so aus, als würde er um sich selbst kreisen, sich aber am Rand der anderen aufhalten, ob sie Fußball spielen oder Basketball. Er steht dann an der Seitenlinie und führt Selbstgespräche oder wedelt mit dem imaginären Zauberstab herum, und manchmal geht einer von den anderen Jungen aus der Klasse auf ihn zu und klatscht ihn ab, oder Lars feuert die Spieler aus vollem Hals an.

Circa einmal pro Woche gehe ich nach der Schule zu Lars. Manchmal ist Bent da, wenn wir kommen, oder er stürmt kurz nach uns in die blaue Küche. Es ist regelrecht zu einem Ritual geworden, dass wir zuerst intensiv an den Zauberformeln arbeiten, bevor wir mit Caffè latte und Schneckenschleim oder einem anderen Fantasiebelag belohnt werden, wie Meerschweinchenmus (Schokocreme) und Haifischhaut (karamellisierter Ziegenkäse).

Manchmal liest Bent uns aus einem Harry-Potter-Buch vor, oder wir dürfen sogar Ausschnitte aus den Harry-Potter-Filmen sehen, wenn wir fleißig unsere Hausaufgaben gemacht haben (die echten, nicht die Zauberaufgaben). Lars zeigt mir seine Harry-Potter-Box mit Zaubermantel, Nickelbrille und einer schwarzen Kurzhaarperücke, versichert mir aber, dass die Ausstattung nur für besondere Anlässe wie Kinopremieren oder Kostümfeste gedacht ist und nicht für den alltäglichen Gebrauch. Ich nicke und stimme ihm zu, dass es sicher besser ist, die Kostüme nur zu besonderen Gelegenheiten zu tragen und niemals in der Schule.

Einmal bleibe ich so lange, dass Bent der Meinung ist, ich sollte zu Hause anrufen und Bescheid sagen, dass ich zum Abendessen bleibe, anschließend helfen wir ihm beim Kochen. Es gibt selbst gemachte Spaghetti mit Zucchinisahnesoße, und Lars und ich stellen mit Bents Maschine dünne Pasta her.

Bent hat eine echte Pastamaschine, ein Teil, das ich noch nie gesehen habe, bestimmt, weil es zu viel Dreck macht, um in unserer eigenen Küche akzeptiert zu werden. Es ist eine kleine Maschine, aber eigentlich gar keine Maschine im engeren Sinn, weil sie keinen Strom braucht und man sie von Hand bedient, doch sie erleichtert einem die Arbeit, und man braucht den Teig nicht wie früher auszurollen. Sie funktioniert ganz einfach so, dass man den Nudelteig (den Bent am Vorabend vorbereitet hat) durch einen schmalen Schlitz schiebt. Wenn man nun an der kleinen Kurbel dreht, presst man den Teig zusammen, und er wird immer dünner. Aber das ist harte Arbeit, denn die Nudelstreifen, die die Maschine gleichzeitig zuschneidet, werden dadurch auch länger. Man muss also aufpassen, dass sie nicht auf den Boden fallen, und dann hängt man sie so auf, dass sie nicht zusammenkleben. Zu diesem Zweck legt Bent einen langen Besenstiel auf die Küchenzeile und den Tisch, damit wir die Pasta darauf aufhängen können. Lars ist deutlich besser als ich, darum hilft er mir ganz viel, aber mit der Zeit werde ich auch ganz gut.

Meine Eltern finden das alles total klasse. Mama ist ziemlich neugierig und fragt mich oft, was ich für mich aus den Besuchen bei Lars mitnehme. Ich weiß, warum sie mich fragt, finde es aber ziemlich blöd, denn mir ist nicht klar, was ich eigentlich daraus mitnehmen soll. Ich glaube, dass sie an das Gespräch denkt, das wir geführt haben, als die Nachricht von Lars noch ganz frisch war, dass man an seinen Herausforderungen wächst und ein besserer Mensch wird, aber in Wahrheit betrachte ich die Nachmittage mit Lars nicht als Herausforderung, ganz im Gegenteil.

Papa interessiert sich mehr für das, was wir machen: was wir malen und welche Zauberformeln wir erfinden und ob sie funktionieren oder nicht. Und er interessiert sich vor allem für das, was Bent kocht und wie er es zubereitet.

»Er hat tatsächlich eine Spaghettimaschine?«, fragt Papa, und ich muss ihn korrigieren und ihm sagen, dass es »Pastamaschine« heißt.

»Trinkt ihr wirklich echten Caffè latte? Und warum nennt ihr Marmelade Schneckenschleim?«

So geht es in einem fort, aber manches behalte ich auch für mich und antworte einfach nicht, wenn er nach dem Kaffee fragt.

Ich habe mich an mein Doppelleben mit Lars gewöhnt. In der Schule sind wir entfernte Bekannte, zu Hause bei Bent sind wir Zauberer und Kaffeetrinker. Die beiden Welten vermischen sich nicht.

Heute ist Mittwoch, da haben wir Sport. Die ganze Klasse hat sich in der Sporthalle verteilt und betätigt sich schon spontan mit verschiedenen Sachen: Manche haben einen Schaumstoffball gefunden, den sie sich gegenseitig zuwerfen, während andere schlaff an der Sprossenwand hängen oder noch ihre Turnschuhe zubinden. Sari, Kay und ich haben uns in eine Ecke gesetzt und spielen Uno mit Karten, die Kay in der Jungenumkleide gefunden hat.

Endlich kommt Herr Fjell, unser Sportlehrer, in die Halle. Er ist ziemlich groß und weiß fast alles, zumindest behauptet er das. Er hat fast keine Haare mehr auf dem Kopf, und die wenigen Strähnen, die es noch gibt, hat er mithilfe von glänzendem Haargel streng nach hinten gekämmt. Er hat lange dünne Arme und Beine, aber einen kugelrunden Bauch, der auf und ab hüpft, wenn er sich bewegt. Er liebt Trainingsanzüge und hat bestimmt tausend Stück davon zu Hause, für die heutige Sportstunde hat er einen giftgrünen mit lila Streifen ausgewählt.

Herr Fjell liebt Aufmerksamkeit, und mit der Zeit haben wir uns daran gewöhnt, dass er die ersten zwanzig Minuten der Stunde darauf verwendet, die verschiedenen Übungen zu demonstrieren. Er nimmt sich dann viel Zeit zum Strecken, Beugen und Hüpfen, nebenbei erzählt er von Reisen, die er gemacht hat, oder schwelgt in Erinnerungen an seine Kindheit, die schon so lange zurückliegt, dass sie damals ihre Kleider noch in einem Waschtrog im Keller gewaschen und das Wasser dafür vorher selbst aufgekocht haben.

Wir versammeln uns um ihn herum und setzen uns im Kreis. Herr Fjell bleibt stehen und erzählt uns, was wir in dieser Stunde machen werden: Wir wollen zum Aufwärmen Völkerball spielen und dann verschiedene Stationen für ein Zirkeltraining aufbauen, das seiner Meinung nach ziemlich anstrengend werden wird.

»Ich hoffe nur, dass ihr durchhaltet, aber ich habe so meine Zweifel. Egal, legen wir los, und ich will noch einmal daran erinnern, dass in meiner Sporthalle handyfreie Zone ist.«

Alle nicken, um zu zeigen, dass sie verstanden haben, und Herr Fjell demonstriert als Nächstes den perfekten Völkerballwurf: Er hält einen fiktiven Schaumstoffball in der Hand, streckt den Arm so weit nach hinten, wie es nur geht, bevor er in einer seltsam übertriebenen Bewegung den Arm nach vorne zieht, sodass der ganze Oberkörper mitgeht, die Füße aber fest auf dem Boden bleiben.

»Genau so macht ihr das!«

Alle grinsen leicht, aber nicken zustimmend.

»Das habe ich auf Madagaskar gelernt«, fährt Herr Fjell fort.

»1972 war das, ich war seit sechs Wochen da,

ohne dass ich das Gefühl hatte, ich hätte mich verändert oder eine persönliche Entwicklung durchgemacht. Dann habe ich Bettina kennengelernt ...«

Wir alle kennen die Geschichte, haben sie mindestens schon sieben Mal gehört. Wie Herr Fjell die reizende Bettina aus Deutschland kennengelernt hat und Hanne, seiner Freundin daheim in Oslo, einen Brief schreiben musste, um mit ihr Schluss zu machen, damit er Bettina endlich ohne schlechtes Gewissen küssen konnte.

»In Wahrheit konnte ich Hannes Antwort nicht abwarten und habe Bettina schon vorher geküsst. Es musste einfach sein ...«

Er steht in der stickigen Luft der Sporthalle und träumt sich fort.

»Aber egal! Bettina aus Göttingen hat mir die Wurftechnik beigebracht, die ich jetzt an euch weitergebe. Wir standen an einem späten Nachmittag am Strand und warfen uns gegenseitig einen Ball zu. Endlich, dachte ich, endlich habe ich die persönliche Entwicklung genommen, für die ich hierhergekommen bin.«

Er macht die Technik noch ein paarmal vor, führt den Wurfarm erst ganz nach hinten, um Schwung zu holen, und wirft dann den Fantasieball in einer Affengeschwindigkeit nach vorn.

»Die Füße bleiben stehen!«, sagt er zum Abschluss streng.

Endlich sind wir an der Reihe. Herr Fjell teilt uns in zwei Gruppen auf, indem er uns seine warme Hand auf die Köpfe legt und abwechselnd »eins« und »zwei« sagt.

Dann geht's los, und alle steigern sich in das Spiel hinein, vor allem Herr Fjell, der an der Seitenlinie steht, die Füße fest auf dem Boden, und immer wieder den Wurf demonstriert, dabei Anweisungen von sich gibt und uns an Regeln erinnert.

Aber wir dürfen nicht mehr als zwanzig Minuten spielen, bevor er zum nächsten Programmpunkt übergeht, dem Zirkeltraining. Es ist Herrn Fjells bevorzugte Aktivität, und er braucht noch einmal ein paar Minuten, um die verschiedenen Techniken zu erklären, wie man am besten über den Bock springt oder wie man am effektivsten unter einem niedrigen Hindernis durchtaucht.

»Nutzt euer Becken, Kinder!«, ermahnt er uns.

Wir helfen alle mit, die verschiedenen Stationen aufzubauen. Böcke werden durch die Halle gerollt, Seile von der Wand gelöst, sodass sie mitten im Raum herunterhängen, und die dicke Matte wird herausgeholt. An einer Station hat Herr Fjell vier ziemlich alt aussehende Turnerfahnen bereitgelegt, bei denen wir uns kreativ zeigen sollen. Die anderen Stationen sind mit Bockspringen, Sit-ups und Gleichgewichtsübungen traditioneller.

Erneut werden wir eingeteilt, dieses Mal in Dreiergruppen, und ich lande in einer Gruppe mit Anna und Christina. Nicht gerade mein Dreamteam, aber ich beschließe, sie zu übersehen und mich auf meine Übungen zu konzentrieren, anstatt mich von ihren Handykameras ärgern zu lassen, die bestimmt bald zum Einsatz kommen werden.

Die Gruppe direkt vor uns besteht aus Sari, Adam und Lars, und hinter mir kommt Kays Gruppe mit zwei anderen aus der Klasse. Unsere Gruppe beginnt mit Bockspringen, die Gruppe vor uns mit den Seilen. Zum Glück haben wir noch ein paar Stationen vor uns, bis wir zu den Turnerfahnen kommen, einer Übung, die mir kaum gefallen wird.

Wir legen los, im Grunde ist es kinderleicht. Sport gehört zu meinen Lieblingsfächern und zu den Fächern, in denen ich am besten bin, ohne dass ich besonders hervorsteche. Eigentlich sind wir alle ziemlich gut, Herr Fjell behauptet oft, wir seien seine beste Sportklasse. Im Grunde macht er sich selbst ein Kompliment, weil er denkt, wir wären ohne ihn nicht einmal in der Lage, mit zwei Händen einen Ball hochzuheben.

Anna, Christina und ich haben die Übungen mit den Seilen und Sit-ups schon hinter uns gebracht und kommen jetzt zu der Gleichgewichtsübung, bei der wir über umgedrehte Bänke balancieren sollen. Zwei Bänke stehen hintereinander, sodass wir etwa fünf Meter überwinden müssen. Als Nächstes kommt die Fahnenübung, und die Gruppe vor uns, das heißt, Sari, Adam und Lars, ist schon eifrig dabei, ihre Kreativität zu entfalten.

Es fällt mir schwer, nicht in meiner Gleichgewichtsübung innezuhalten und ihre komische Darbietung zu bestaunen. Vor allem Sari nimmt die Aufgabe ernst und schwenkt die Fahne in großen Kreisen. Anna und Christina haben die Balanceübung auf den Bänken völlig aufgegeben, stehen ein paar Schritte hinter mir und krümmen sich vor Lachen. Es dauert nicht lange, bis ich erkenne, was sie zum Lachen bringt, denn nun ist Lars nicht mehr zu übersehen, der sich völlig in seine Aufgabe vertieft hat.

Mit der Turnerfahne in der hoch erhobenen Hand saust er auf einer fünf Meter langen Strecke, die er sich in der Halle gesichert hat, hin und her. Er schwenkt die Fahne in großen Kreisen und geht automatisch mit dem Oberkörper vor und zurück. Plötzlich bleibt er stehen, hüpft kurz hoch und rennt in die entgegengesetzte Richtung. Seine Augen sind halb geschlossen, und sein Gesicht hat sich zu einer angespannten Grimasse verzogen, die zeigt, dass er von seiner Umwelt nichts mehr wahrnimmt.

Während er diese merkwürdigen Bewegungen ausführt, spricht er Zauberformeln vor sich hin. Zauberformeln, die ich ebenfalls kenne. Zauberformeln, die *ich* mir ausgedacht habe.

Viele haben jetzt in ihren Übungen innegehalten, nur Herr Fjell steht noch bei den Böcken, um etwas zu erklären.

Anna und Christina können sich nicht länger beherrschen und schaffen es trotz Lachkrampf, ihre Handys aus den Innentaschen ihrer Sportjacken zu fischen. Ich sehe, wie Christinas Hand mit dem Handy nach oben geht und die Kamera auf Lars richtet. Wie schon so oft bin ich völlig gelähmt, unfähig zu handeln oder etwas dagegen zu unternehmen.

Ich weiß ja oder ahne zumindest, was Christina macht. Sie filmt Lars, und ich weiß, dass sie nicht die Absicht hat, uns anderen später zu zeigen, wie kreativ und cool Lars ist, im Gegenteil.

Aber ich kann sie nicht stoppen. Ich bin wie

versteinert und kann Lars nicht helfen, der jetzt wie gedopt hin und her rennt und dabei laut brüllt:

»TANTATUM FAKTOTUM!!«

Tantatum faktotum, die letzte Zauberformel, die wir uns ausgedacht haben und die, wenn sie weiter perfektioniert wird, Lügen in Wahrheit verwandeln soll. Unsere beste Formel bis jetzt.

Ich bleibe stocksteif stehen und flüstere »Tantatum faktotum« vor mich hin, ohne dass es hilft.

Lars ist wie in Trance, sein Tanz wird immer wilder. Absolut alle haben jetzt mit ihren Übungen aufgehört, sogar Herr Fjell, der etwas ratlos am anderen Ende der Turnhalle steht.

Ich sehe Sari und Adam an, die während Lars' kreativer Turnvorführung an die Sprossenwand gedrängt werden. Sie sehen beide ganz erschrocken aus, und als ich aufsehe, schaue ich in Saris eisblaue Augen. Sie schickt mir einen strengen Blick, der besagt: »Solltest du nicht irgendetwas unternehmen?«

Doch, ich sollte etwas unternehmen! Aber was?

Ich stehe immer noch wie versteinert da, während Lars eine weitere Zauberformel brüllt:

»KARAKAS KANINUS!!!«

Karakas kaninus: Wie bringt man Hasenohren dazu, an den Köpfen wildfremder Erwachsener zu wachsen? Eine von Lars' Lieblingsformeln, die wir fast schon so weit perfektioniert haben, dass sie funktioniert.

Es muss etwas passieren, und *ich* muss dafür sorgen. Ich registriere, dass Christinas gelbes Handy immer noch auf Lars gerichtet ist. Es wackelt, weil sie nach wie vor von einem heftigen Lachkrampf geschüttelt wird. Ich mache die Regeln nicht, aber Lars macht sich definitiv gerade lächerlich, vor allem, weil er nicht ahnt, welche grausamen Konsequenzen sein Verhalten haben wird.

Herr Fjell ist jetzt auf dem Weg durch die Halle, aber seine Schritte sind unsicher, und es sieht überhaupt nicht danach aus, als hätte er einen Plan oder die Fähigkeit, die Situation in den Griff zu bekommen. Ich schaue wieder Sari an und blicke auch zu Adam, der genauso verzweifelt dasteht wie ich.

Es kostet mich meine gesamte Willenskraft, Annas und Christinas Gelächter zu ignorieren, als ich die Arena betrete. Ich weiß, dass sie immer noch filmen, ich weiß, dass ich gleich erledigt bin, aber ich kann Lars in dieser Situation nicht alleinlassen.

In großen theatralischen Sprüngen nähere ich mich ihm mit einem imaginären Zauberstab in der rechten Hand: Ich mache eine unbeholfene Pirouette, die ich mit einem »STANITUS STOP-

PIS« beende, indem ich mit dem Arm auf Lars zeige.

Die ganze Halle erstarrt. Kein Mensch gibt einen Ton von sich. Anna und Christina hören auf zu lachen, und Herr Fjell bleibt mitten in der Halle stehen. Sari und Adam sind vor der Sprossenwand wie gelähmt. Lars wird aus seiner Trance gerissen, hält inne und starrt mich an, die Hand immer noch hoch erhoben. Er runzelt leicht die Stirn, bevor er erschrocken sagt:

»Funktioniert nicht!«

Ich stehe da und starre ihn an.

»Aber du hast doch aufgehört«, widerspreche ich vorsichtig, und Lars lässt die Hände sinken, während ein bescheidenes Lächeln über sein Gesicht huscht.

Ich weiß nicht, ob ich lachen oder weinen soll. Aus den Augenwinkeln sehe ich Christina mit dem Handy in der immer noch erhobenen Hand. Dieses Mal zielt die Kamera auf mich.

Aber ich bin erleichtert, ich habe es geschafft. Ich habe verhindert, dass die Situation noch schlimmer wird, und ich habe Lars gerettet. Auch wenn er es vermutlich nie begreifen wird, habe ich gerade die wohl größte soziale Rettungsaktion dieses Schuljahrs durchgeführt.

Endlich ist Herr Fjell bei uns angekommen.

»Fantastisch, Lars!«, sagt er laut, aber sein Blick zeigt eine gewisse Verwirrung.

»Das nenne ich wahrlich kreativ! Es erinnert mich an damals, als ich selbst den Plan hatte, mit den Sufisten in der Türkei zu tanzen!«

Lars starrt schweigend in Herrn Fjells begeistertes Gesicht und lächelt leise.

»Von dir können wir noch allerhand lernen, mein Lieber!«

Lars nickt, scheint sich aus dem Lob aber nicht viel zu machen.

Er schaut vielmehr hoch und begegnet meinem Blick, der ihn beruhigt.

Ich selbst werde von einer Mischung aus Angst und Stolz erfasst, Stolz, weil ich die Situation gerettet habe, und Angst vor den Konsequenzen. Es besteht kein Zweifel daran, dass Christina meinen Auftritt mit dem Handy gefilmt hat, ein knapp zehnsekündiges superkomisches Zauberdrama, in dem ich Worte brülle, die noch niemand zuvor gehört hat. Die Frage ist nur, was sie damit vorhat?

Die Klasse kommt langsam wieder zu sich, aber alle haben noch ein belustigtes Grinsen um den Mund. Ich höre, wie Herr Fjell mit einer Anekdote aus seiner Zeit als Wanderführer auf Madeira das Zirkeltraining wieder in Gang bringt, und die anderen Schüler machen langsam, aber sicher mit der Sportstunde weiter, als wäre alles wie normal.

Plötzlich spüre ich, dass mich jemand ansieht. Ich schaue hoch und sehe geradewegs in Adams Augen, der rund vier Meter von mir entfernt ist. Er lächelt nicht, aber er sieht auch nicht wütend aus. Er strahlt eher eine Mischung aus Be- und Verwunderung aus.

Mein Herz macht einen Dreifachsalto.

Ich versuche, mich von seinem Blick zu lösen, aber das ist nicht leicht. Zum Glück reißt mich etwas aus meiner Erstarrung, und ich stelle fest, dass Lars direkt neben mir steht. Er sieht mich mit großen Augen an, und ich muss unweigerlich lächeln. Hinter mir höre ich Anna und Christina weiterhin johlen und lachen, aber ich merke, dass es mir nicht mehr so viel ausmacht. Ich entdecke Sari, die auf uns zukommt, und meine Nerven beruhigen sich.

Plötzlich höre ich ein »Hallo«, und es dauert einen Moment, bis ich begreife, dass es nicht von Sari kommt, sondern von Adam. Geräuschlos und schneller als Sari, die unterwegs stehen geblieben ist, ist er auf Lars und mich zugekommen.

Weder Lars noch ich antworten, sondern stehen reglos da und starren ihn an, als versuchten wir uns an einer Synchronübung.

»Ich wusste gar nicht, dass du zaubern kannst«, fährt Adam fort.

Der Satz ist zweifellos an mich gerichtet, und ich merke, dass mein Gesicht sich langsam rot färbt, wie wenn man Cayennepfeffer in einen mexikanischen Eintopf rührt.

»Doch«, stammle ich leise, als würde mich dieses Geständnis retten.

Lars grinst.

»Machen wir weiter?«

Jetzt spricht Adam nicht mehr zu mir, sondern zu Lars.

Lars nickt zaghaft, aber als Adam sich umdreht, um zur nächsten Station zu gehen, geht Lars nicht hinter ihm her.

Adam bleibt nach wenigen Schritten stehen und dreht sich zu Lars um.

»Kommst du?«

Lars nickt, rührt sich aber nach wie vor nicht vom Fleck, sondern sagt:

»Amanda auch?«

Es dauert einen Moment, bis mir klar wird, was hier passiert: Lars will mich in seiner Gruppe haben, das heißt in einer Gruppe mit Adam. Ich schüttle leise den Kopf, aber Adam sagt nur knapp:

»Sie ist in einer anderen Gruppe.«

Lars sieht mich fragend an, und ich nicke. Dann

trottet er hinter Adam her, und ich schaffe es endlich, mich aus meiner Starre zu lösen, in der ich seit meiner spektakulären Zaubershow verharrt war.

Mein Herz schlägt so wild, dass es fast aus dem Brustkorb springt, und meine Hände sind kalt und feucht. So nah ist Adam mir seit dem Vorfall mit dem Brief nicht mehr gekommen, und ich merke, dass es etwas mit mir macht, obwohl ich sicher war, meine Verliebtheit fast schon überwunden zu haben. Das Schlimmste ist, dass es sich gut anfühlt, wenn er mir so nahe kommt und mein Herz Luftsprünge macht, aber ich glaube, es ist eher ungut.

Ich drehe mich um und gehe die wenigen Schritte zurück zu Christina und Anna, die ihr Lachen nicht verbergen können. Ich höre, wie Christina sagt: »Das lade ich sofort hoch!«, und ich überlege kurz, warum Anna Fotos von mir auf ihrem Blog posten will, habe aber nicht die nötige Energie, lange darüber nachzudenken. Ich konzentriere mich lieber darauf, mich in der Sportstunde möglichst normal zu verhalten, und will gerade eine Turnerfahne vom Boden aufheben, als ich zusammenzucke:

»Handyfreie Zone!«, sagt Lars mit fester Stimme und steht plötzlich direkt hinter mir.

»Wie bitte?«, fragt Anna schnippisch und blickt Lars mit kalten Augen an.

Lars sieht zu Boden, ohne seine Worte zu wiederholen.

»Was hast du gesagt?«, fragt Christina betont ruhig. »Ich habe es nicht verstanden.«

»Handyfreie Zone«, flüstert Lars.

Daraufhin krümmt sich Anna in einem gespielten Lachanfall und richtet die Kamera auf Lars.

»Was? Ich kann nicht verstehen, was du sagst«, fährt Christina provozierend fort, während Anna sich vor Lachen ausschüttet.

»Sag es … noch … mal!«, keucht Anna zwischen den Lachanfällen, das Handy immer noch auf Lars gerichtet.

Lars steht da mit gesenktem Kopf, und ich kann sehen, wie unwohl er sich fühlt. Das Problem ist nur, dass es mir genauso geht.

Warum fällt es mir bloß so schwer, *es reicht,* zu sagen? Warum nehme ich nicht Anlauf und versetze Christina einen Ninja-Tritt in die Rippen und grille ihr Handy in der Mikrowelle? Ich spüre eine Welle der Erschöpfung durch meinen Körper rollen. Wie oft am Tag soll ich Lars eigentlich retten? Sabber abzuwischen wäre mir fast lieber.

»Ist auch egal«, sagt Christina plötzlich und nimmt das Handy runter.

Herr Fjell hat sie entdeckt und kommt durch die Halle. Er hält den rechten Zeigefinger in die Luft und wedelt damit, um sein Missfallen auszudrücken.

»Handyfreie Zone, Christina! Zum hundertsten Mal. Wie viele Handys hast du eigentlich? Jetzt reicht's.«

Herr Fjell kommt auf uns zu und streckt die Hand aus, damit Christina ihm das Handy gibt.

»Du kannst es nach der Stunde wieder abholen«, informiert er sie, und Christina gehorcht widerwillig und legt Herrn Fjell ihr Handy in die Hand.

Er macht kehrt, um mit der Sportstunde fortzufahren, und Christina dreht sich zu Anna um und äfft Herrn Fjells Gesichtsausdruck nach. Anna holt ihr Handy aus der Tasche, und die beiden kichern wieder, vermutlich über Fotos, die sie gerade von mir gemacht haben.

Lars und ich stehen allein mitten in der Halle.

»Kümmer dich nicht um die«, sage ich zu ihm.

»Die machen Filme.«

»Ich weiß«, antworte ich, »denk nicht drüber nach. Die filmen alle.«

»Wen kümmert's?«, fragt Lars tapfer.

Mich, denke ich, sage es aber nicht laut.

Jetzt bin eigentlich ich an der Reihe, um meine

Kreativität an den Turnerfahnen unter Beweis zu stellen, aber der einzige Tropfen Glück, der mir heute vergönnt ist, besteht darin, dass Herr Fjell in die Panflöte bläst, die er um den Hals hängen hat, und sich nachdrücklich für die Stunde bedankt.

Alle sollen in der Halle bleiben, um beim Aufräumen zu helfen, aber dazu habe ich keine Lust und gehe schnell zur Umkleide, um vor den anderen Mädchen zu duschen und mich anzuziehen. Als sie in die Umkleide kommen, bin ich schon auf dem Weg nach draußen.

»Bis morgen«, sage ich zu Sari, der ich in der Tür begegne.

Ich schultere den Sportbeutel und trotte über den Schulhof, wo sich an einem ansonsten wolkenfreien Himmel dunkle Regenwolken über der Schule zusammenballen. Mit schweren Schritten mache ich mich auf den Heimweg und bekomme schon die ersten Regentropfen ab.

Auf welchem Blog?

Am nächsten Morgen gehe ich früh los und bin vor Sari an unserer Straßenecke. Der Herbst hat sich aufgedrängt wie ein ungebetener Gast, und die Landschaft um mich herum wird von Tag zu Tag dunkler und feuchter. Ich tippe mal, dass sich der Himmel in circa zehn Minuten öffnen und der Regen nur so herunterprasseln wird, es sieht jetzt deutlich nach Herbst aus.

Gerade ist der erste Tropfen gefallen, als ich Sari erblicke, die mit raschen Schritten auf mich zukommt. Der lange Rock flattert hinter ihr her, und die dünne Jacke, die sie trägt, macht sie noch zierlicher, als sie ist. Ihre Haare tanzen hinter ihr im Takt mit dem bunten Rock, und nichts an ihr erinnert an einen dunklen Herbst.

»Ich finde es voll cool, was du gestern im Sportunterricht gemacht hast«, ruft sie schon, als sie noch ein paar Meter weg ist. Dann nimmt sie mich liebevoll in den Arm und drückt mich etwas länger als sonst.

»Okay.«

Mehr bringe ich vorerst nicht heraus, aber Sari spricht weiter:

»Ich hab nicht ganz kapiert, was du gemacht hast, es war irgendwie komisch und trotzdem cool, und ich glaube, dass du Lars dadurch wirklich geholfen hast. Nicht weil ich persönlich was dagegenhatte, wie er die Fahne geschwenkt hat, aber ich glaube, viele in der Klasse fanden es affig und dachten, dass Lars sich lächerlich macht. Also lachen sie *über* ihn. Nicht *mit* ihm.«

»Genau«, stimme ich zu und merke, dass mir immer noch die richtigen Worte fehlen.

Wir laufen los. Unsere Gummistiefel quatschen auf dem nassen Laub, und ein heftiger Wind fegt durch die Bäume. Ich weiß nicht recht, was ich zu dem gestrigen Vorfall sagen soll, und hatte eigentlich gehofft, dass keiner ihn anspricht. Aber Sari ist noch nicht fertig:

»Warum muss man Lars überhaupt helfen?«, fragt sie philosophisch in die Luft. »Ich meine, warum konnte er nicht einfach weitermachen mit seinem merkwürdigen Tanz? Warum war es ein Problem, dass er sich so bewegt hat?«

Ich bin überfordert. Gestern in der Sporthalle habe ich keine Sekunde darüber nachgedacht, wieso Lars Hilfe braucht, es war mir einfach sonnenklar. Er hat sich lächerlich gemacht, und ich habe nur eins vor mir gesehen: SOZIALE KRISE und habe an nichts anderes gedacht, als Lars davor zu bewahren.

»Ich hab einfach nur das gemacht, was ich gemacht hätte, wenn ich an Lars' Stelle gewesen wäre. Oder ich hab das gemacht, wovon ich mir gewünscht hätte, dass jemand es macht, wenn ich in der Situation wäre«, erkläre ich.

»Kann ich gut verstehen. Und ich stimme dir absolut zu«, sagt Sari, »ich meine nur, es wäre mir lieber, wenn es gar nicht erst nötig wäre. Wenn wir nicht so viel Angst davor hätten, uns zu blamieren oder aus der Reihe zu tanzen.«

»Oder davor, dass andere uns dabei filmen!«, füge ich hinzu und denke gleichzeitig, dass ich von der ganzen Schule wahrscheinlich diejenige bin, die am meisten Angst davor hat, aus der Reihe zu tanzen.

»Willst du das hier eigentlich anbehalten?«, frage ich Sari und zeige auf ihren langen Rock.

Wir wollen heute mit der Klasse und allen Patenkindern einen Ausflug machen und Pilze sammeln, und Saris Klamotten sind sehr alternativ angesichts der geplanten Aktivitäten. Ich selbst habe eine Allwetterjacke und Regenhosen an und habe Ersatzwollsocken im Rucksack.

»Yes!«, zwitschert Sari zufrieden. »Es hört bald

auf zu regnen, und darunter habe ich eine Wollstrumpfhose.«

Ich schaue hoch zum Himmel, der immer noch dunkel ist und mit dicken Wolken vollgepackt. Wenn ich einen Tipp abgeben sollte, würde ich nicht auf Sonne wetten, aber Sari hat die seltsame Gabe, das Wetter vorhersagen zu können, und als wir auf den Schulhof einbiegen, lugt ein bescheidener Sonnenstrahl durch eine Ritze in der Wolkendecke.

Im Klassenzimmer bereitet Herr Fjell sich und uns voller Schwung auf den heutigen Ausflug vor:

»Heute wollen wir Pilze sammeln, was lebensgefährlich ist! Aber ihr habt Glück, ich kann euch als erwachsene Aufsichtsperson dienen und zugleich meine große Expertise anbieten.«

Frau Nielsen steht neben ihm und zählt die Körbe.

»Vermutlich waren viele von euch noch nie in den Pilzen, oder?«, fährt Herr Fjell fort. »Aber keine Panik, ich habe in meinem Leben schon viele Pilze gesammelt! In Argentinien wie in Armenien, und glaubt ja nicht, dass sich die Pilze in den verschiedenen Ländern ähneln. Ganz und gar nicht! Sie sind so unterschiedlich wie ein Tintenfisch und ein Hermelin! So gesehen, ist es fast so, als wäre ich noch nie in den Pilzen gewesen, dieses Wissen sollt ihr für heute mitnehmen …«

Herr Fjell wird von Frau Nielsen unterbrochen, die bis zum letzten Korb gezählt und sich aufgerichtet hat.

»Okay! Los geht's!«, sagt sie fröhlich. »Es gibt genügend Körbe für jedes Paten-Patenkind-Paar, holt euch eure Körbe hier ab und vergesst bitte nicht, sie am Ende des heutigen Ausflugs an Herrn Fjell oder mich zurückzugeben!«

Als alle aufstehen, raschelt und quietscht es vor Regenmänteln und Gummistiefeln. Während sich alle einen Korb sichern, entsteht ein leichtes Chaos, aber nach wenigen Minuten sind wir auf dem Weg zum Schulhof, auf dem die Patenkinder warten. Lars findet mich schon im Klassenzimmer und wirkt im Umgang mit mir in der schulischen Umgebung jetzt viel entspannter als früher.

»Wir können im Wald testen«, sagt er, und mir ist klar, dass er von Zauberformeln spricht.

Ich will Lars auf keinen Fall zurückweisen, aber noch weniger will ich vor einem derart kritischen Publikum wie meiner Klasse weitere Zauberformeln demonstrieren oder testen. Ich lächle, sage aber weder »Ja« noch »Nein«.

Auf dem Schulhof erwarten uns die Patenkinder und die Sonne. Sari hatte natürlich vollkommen recht, und noch bevor wir an der Bushaltestelle sind, muss ich die Jacke ausziehen und sie mir um die Taille binden. Auf der ganzen Busfahrt sitzt Lars neben mir, und gleich daneben sitzen Sari und Kay mit ihren Patenkindern Terje und Martinus. Die Stimmung ist gut, und alle albern ausgelassen herum.

Als wir im Wald ankommen, scheint die Sonne, und die Stimmung wird noch besser. An den Bäumen hängen noch ein paar wenige Blätter, aber die meisten bilden unter unseren Füßen einen weichen Teppich. Unter meinen Stiefeln quatscht es bei jedem Schritt, und mir gefällt die Mischung aus feuchtem Untergrund und trockener Luft.

Alle freuen sich, nicht an ihren Pulten sitzen zu müssen, und alle genießen die Freiheit und die frische Luft. Kay, Sari und ich bilden mit unseren Patenkindern die Nachhut und tun so, als suchten wir Pilze, während wir eigentlich die ganze Zeit herumalbern und andere Sachen machen.

Ich stelle fest, dass Lars sich einen Stock gesucht hat, mit dem er herumwedelt. Das stresst mich leicht, aber ich lasse ihn gewähren. Er hat sich etwas von uns abgesondert, und es sieht nicht so aus, als würde es jemandem auffallen. Kay ist vollauf damit beschäftigt, einen Pilz zu inspizieren, den Martinus gefunden hat, und Sari muss Terje helfen, die Riemen an seinem Wanderrucksack festzuziehen.

Ich habe Kay und Sari nicht viel von den Nachmittagen bei Lars erzählt. Wenn sie fragen, sage ich nur, dass es okay oder nett ist, dass wir ein bisschen malen und essen, aber ich verrate nichts von den Zauberformeln, die wir uns ausdenken. Für sie war meine gestrige Zaubervorführung ein einmaliges Ereignis, das sich nicht wiederholen wird.

Kay und Sari sind beide glücklich mit ihren Patenkindern, und es wirkt so, als hätten Martinus und Terje auch Kay und Sari sehr gern, aber sie verbringen nach der Schule keine Zeit miteinander. Manchmal begleitet Sari Terje nach Hause, und ich weiß, dass Kay manchmal nach der Schule noch etwas bleibt, um mit Martinus Brennball zu spielen, aber davon abgesehen, sind sie nur in der Schule mit den Kleinen zusammen: in den Pausen oder bei gemeinsamen Aktivitäten, und sie waren noch nie zum Spielen bei ihren Patenkindern zu Hause.

Der Gedanke, dass unser Geheimnis aufgedeckt werden könnte, ist Furcht einflößend.

»Alles klar?«, fragt Sari, als sie merkt, dass ich in Gedanken woanders bin.

»Hä? Ja«, antworte ich schnell und bücke mich, tue so, als hätte ich einen Pilz gefunden.

»Funktioniert nicht«, kommt es plötzlich von Lars, der sich aus seiner Zauberwelt losgerissen hat und zu Sari und mir kommt.

»Funktioniert nicht?«, frage ich und merke, dass Saris Neugier wächst.

»Menschen können nicht zaubern«, sagt Lars.

»Nein«, antworte ich, ernte aber Widerspruch von Sari, die optimistisch jubelt. »Klar doch!«

Lars bleibt stehen und sieht sie skeptisch an, er wartet auf eine Erklärung, aber jetzt schweigt Sari und merkt, dass sie sich auf unbekanntes Terrain begeben hat. Zum Glück wird sie von Terje abgelenkt, der in ein paar Metern Entfernung nach ihr ruft.

Wortlos geht sie davon, und Lars und ich bleiben allein zurück. Saris Ignoranz bringt mich zum Lachen, und Lars stimmt mit ein. Plötzlich ist es so, als wären wir in Bents Küche, nur wir zwei, und nachdem ich mich umgeschaut habe, um sicherzugehen, dass die restliche Klasse und alle Patenkinder weit weg sind, bücke ich mich und hebe einen Stock auf. Ich halte ihn vor mich hin und sage leise:

»STANITUS STOPPIS.«

Lars krümmt sich vor Lachen, richtet sich aber schnell wieder auf und sagt:

»Funktioniert nicht!«

Das Gleiche hat er gestern in der Sportstunde

auch gesagt. Die Formel soll die Füße des Gegners auf dem Boden festwachsen lassen, ohne dass der restliche Körper erstarrt. Es stimmt, die Formel ist noch nicht perfekt. Als wir sie zuletzt an Bent getestet haben, konnte er noch drei Schritte rückwärtsgehen. Lars ist bei den Formeln sehr streng, in der Regel will er nicht, dass wir sie außerhalb der Küche praktizieren, wenn sie noch nicht optimal funktionieren, das muss ich akzeptieren.

Aber jetzt ist Lars an der Reihe, und er führt ein perfektes »Tantatum faktotum« aus, sodass ich ihm die Wahrheit beichten muss, dass ich nämlich Kaviar zum Frühstück gegessen habe. So albern wir im Wald herum. Gleichzeitig achte ich darauf, dass wir immer mehr hinter den anderen zurückbleiben, damit keiner etwas von unserem Spiel mitbekommt. Ich kann sehen, dass Sari sich ein paarmal umdreht, aber nicht stehen bleibt, und auf wundersame Weise gelingt es uns auch, Anna und Christina zu entkommen.

Wir laufen eine ganze Stunde durch den Wald, unterbrochen von ein paar halbherzigen Versuchen, auf kleinen Lichtungen oder an den Wurzeln großer Bäume nach Pfifferlingen zu suchen. Nun führt Frau Nielsen uns zu einer offenen Lichtung, wo es drei große Lagerfeuerplätze gibt.

»Sammelt möglichst trockenes Feuerholz, Kinder! Ich kontrolliere es dann, bevor ihr eure Lagerfeuer baut«, ruft Herr Fjell, der sich als Erstes auf einen Baumstumpf setzt und eine Thermoskanne mit Kaffee herausholt.

Es geht trotzdem sehr schnell. Alle wollen möglichst bald ihr Feuer anzünden, um Würste, Käsebrote und andere Sachen grillen zu können, die wir mitgebracht haben. Nach kurzer Zeit brennen drei Feuer. Lars und ich haben uns mit Kay, Sari, Terje und Martinus zusammengetan und sitzen auf einem langen Baumstamm an einem der Feuerplätze. Am selben Feuer sitzen Anna und Christina mit ihren Patenkindern, aber die Feuerstelle ist so groß, dass es mir nicht viel ausmacht.

»Hört mal her!«, ruft Frau Nielsen, die sich zwischen die drei Lagerfeuerplätze gestellt hat. »Lars war so lieb, Stockbrotteig für alle mitzubringen! Den hat er ganz allein gemacht!«

In den Händen hält Frau Nielsen einen großen Plastikbehälter, den sie vorsichtig aufmacht, damit der Inhalt nicht herausrutscht. Sie geht von einer Feuerstelle zur nächsten, um an alle, die einen Stock im Wald gefunden haben, Teig zu verteilen. Lars sitzt neben mir und lächelt stolz, und ich habe sofort ein sehr lebhaftes Bild vor Augen, wie Bent und Lars in ihrer chaotischen Küche stehen und mit viel Schwung Stockbrotteig für alle machen.

Ich werde aus meinen Gedanken gerissen, als ich jemanden flüstern höre:

»Igitt, sollen wir das wirklich essen?«

Ich schaue hoch und bin nicht überrascht, dass der Satz von Christina stammt. Ihr Patenkind hat gerade einen Teigklumpen von Frau Nielsen erhalten, aber als Christina ihren Ekel zum Ausdruck bringt, hört das Patenkind sofort auf, den Teig um den Stock zu wickeln, und lässt ihn auf den Boden fallen, wo er liegen bleibt und sich mit Tannennadeln vermischt. Lars hat es nicht mitbekommen, auch Frau Nielsen nicht, die mit dem Teig weitergeht. Die meisten nehmen dankbar ein Stück entgegen und wickeln es um die dünnen Stöcke. Plötzlich höre ich noch jemanden, der wenig begeistert klingt.

»Nein, danke!«

Dieses Mal muss ich mich ganz umdrehen, um sicherzugehen, dass Adam gesprochen hat, der an einem der anderen Feuerplätze sitzt. Frau Nielsen sagt nur: »Nicht? Na gut, es ist dein Leben«, und geht weiter, aber ich schaue verstohlen zu ihm und seinen Freunden hinüber, die zusammensitzen und grinsen.

Ich sehe Lars an, der jetzt etwas geknickt wirkt.

»Alles klar bei dir?«, frage ich, als ich mir von Frau Nielsen Stockbrotteig geben lasse.

»Jaaa«, antwortet er tapfer und fängt an, seinen eigenen Teig um den Stock zu wickeln.

»Wollen wir ein Selfie machen?«, frage ich, um die Stimmung etwas zu heben.

Er sieht mich unsicher an.

»Hier im Wald ist keine handyfreie Zone!«, versichere ich ihm.

Lars lächelt spitzbübisch und nickt. Ich hole mein Handy aus der Jackentasche und klicke die Kamera an. Wir machen ein paar alberne Selfies und amüsieren uns großartig. Sari, die neben mir sitzt, beugt sich ein paarmal zu mir herüber, um mit aufs Bild zu kommen, und auch Terje will fotografiert werden, wie er mit dem Stockbrot über dem Feuer posiert.

Lars schneidet die übelsten Grimassen: Er schielt und feixt und macht die seltsamsten Fratzen, und auch wenn es unglaublich komisch ist, traue ich mich natürlich nicht, mich so gehen zu lassen wie er.

Plötzlich werden wir aus unserer Selfie-Session gerissen, als jemand brüllt:

»VERDAMMT, DAS POSTEST DU NICHT!«

Ich schaue auf und entdecke Kay. Er starrt Anna, die immer noch auf ihrem Baumstamm sitzt, wutentbrannt an. Von seinem Kinn tropft jede Menge Kakao auf seine Jacke.

»Zu spät. Ist schon passiert«, sagt Anna mit provozierend ruhiger Stimme.

»Du dumme Kuh!«, sagt Kay und versucht, Anna das Handy zu entreißen, das diese sofort seiner Reichweite entzieht und hinter dem Rücken versteckt.

Ich kenne Kay, und ich kenne sein Temperament, und jetzt sieht es so aus, als wäre er versucht, handgreiflich zu werden. Seine Schultern beben vor Zorn, und ein fast ins Lila gehendes Rot steigt von seinem Hals hoch bis zur Stirn, aber er hat sich unter Kontrolle. Mit großer Kraftanstrengung sagt er ganz ruhig:

»Wo hast du es gepostet?«

Anna ist plötzlich nicht mehr ganz so selbstsicher, Kays Frage hat sie ganz offensichtlich kalt erwischt.

»Was meinst du mit *wo* ich es gepostet habe?«, weicht sie aus.

Anna bleibt äußerlich ruhig, aber ich kann sehen, wie unsicher sie in Wirklichkeit ist. Sie sieht Kay böse an, bevor sie antwortet:

»Auf meinem Blog.«

»Ja, aber auf welchem?«, setzt Kay nach.

Annas Augen zeugen von zunehmender Panik. Ich selbst verstehe gar nichts mehr, warum sollte Anna auf ihrem Blog ein Foto von Kay posten?

»Was willst du damit sagen?«, versucht es Anna auf die unschuldige Tour.

»Auf welchem Blog?«, wiederholt Kay. »Auf *annabananas* oder auf *retar…*«

»Was faselst du da?«, fällt Anna ihm mit lauter Stimme ins Wort und übertönt alle anderen Gespräche.

Die beiden Patenkinder, die neben Anna und Christina sitzen, springen erschrocken auf, und eins fällt fast vom Baumstamm. Am Lagerfeuer wird es ganz still, alle starren Kay und Anna an, während die Stockbrote im Feuer verbrennen. Worum geht es hier?

Anna steht schnell auf und stellt sich direkt vor Kay. Mit leiser Stimme, aber doch laut genug, dass ich es höre, sagt sie:

»Chill mal, ich poste es gar nicht. Auch wenn du echt *retarded* aussiehst.«

Dann verlässt sie das Lagerfeuer entschlossenen Schrittes, um anderswo ein Publikum zu finden. Auch Christina steht auf und wirft Kay einen vernichtenden Blick zu, bevor sie Anna zu einem anderen Lagerfeuer folgt. Die armen Patenkinder bleiben perplex zurück und schauen sich an, bevor sie leicht verlegen ihren dämlichen Patinnen folgen.

Kay blickt Anna so wütend hinterher, dass seine

Schultern beben. Sari ist aufgestanden und zu ihm gegangen, jetzt legt sie ihm vorsichtig die Hand auf die Schulter und drückt ihn wieder auf den Baumstamm. Er muss ein paarmal tief durchatmen, bis er sich beruhigt hat, dann ist es plötzlich so, als wäre nichts passiert. Er trinkt seinen Kakao, den er sich großzügig mit Martinus teilt, und knabbert glücklich an seinem Stockbrot.

Auf dem Rückweg durch den Wald vermeidet Kay jeglichen Kontakt zu uns. Sari meint, er braucht etwas Zeit für sich, darum gehe ich nicht auf ihn zu. Stattdessen bleibe ich bei Terje und Sari, dieses Mal ohne Lars, der, warum auch immer, lieber mit Adam laufen will, obwohl Adam nichts von seinem Stockbrotteig haben wollte.

Erst im Bus auf der Rückfahrt zur Schule habe ich Gelegenheit, mit Sari über den Vorfall zu sprechen.

»Der Ausflug war perfekt«, sage ich, bevor ich zum eigentlichen Punkt komme, »bis auf die Sache mit Kay. Das war ziemlich heftig.«

»Ja«, sagt Sari, »aber ich kann ihn gut verstehen. Anna hat Kay gefilmt, als er Kakao getrunken und sich dabei bekleckert hat, darum wundert es mich nicht, dass er so sauer war.«

»Ernsthaft? Und dann hat sie es auch noch gepostet?«, frage ich geschockt.

»Keine Ahnung. Ich glaub nicht«, antwortet Sari und denkt allem Anschein nach nicht weiter darüber nach.

»Das macht sie oft«, fahre ich fort, »andere filmen.«

»Ja«, sagt Sari, »warum eigentlich?«

»Weiß ich nicht …«, antworte ich und grüble darüber nach. So oft, wie Anna knipst und filmt, landet auffallend wenig von dem Material auf ihrem Blog. Er ist vollgepackt mit »ultimativen Klamottentipps« und Rezepten für Schokomilkshakes, aber es gibt keine Fotos von Klassenkameraden, die sich beim Pilzesammeln zum Gespött machen, oder andere fiese Sachen. Was geschieht mit diesen Aufnahmen?

Wir müssen an Kays Handy rankommen

Seit dem Ausflug sind ein paar Tage vergangen, aber mir geht der Vorfall mit Kay nach wie vor durch den Kopf. Was ist an diesem Tag zwischen Anna und ihm passiert?

»Es war einfach total komisch!«, sage ich aufgewühlt, während Sari nur mit halbem Ohr zuhört. »Und außerdem, ich sehe doch, wie Anna fotografiert und filmt, und ich weiß, dass sie die Sachen postet, weil sie sich über ihr Handy beugt, trotzdem tauchen sie nie auf ihrem Blog auf!«

»Du guckst dir ihre Seite also regelmäßig an?«, fragt Sari skeptisch, und ich nicke beschämt, weil ich ertappt wurde.

Wir sitzen wie üblich auf unseren Bänken im Schulhof. Sari hat sich in einen dicken Wollschal gewickelt, sodass von ihren blonden Haaren nur ein paar Strähnen herausschauen.

»Warum interessiert die dich?«, fragt sie, nachdem wir ein paar Sekunden geschwiegen haben.

»Einfach so!« Fast schreie ich es heraus, »vielleicht hat sie ja noch einen heimlichen Blog?«

»Na und?«, pariert Sari. »Wir brauchen doch nicht noch mehr Schminktipps, oder?«

»Nein …«, gebe ich zu und lasse die Sache auf sich beruhen.

Sari hat einen Punkt getroffen, was hat die Welt davon, wenn Anna noch einen weiteren oberflächlichen Blog über Bikinis und Muffinrezepte unterhält? Und was interessiert es mich? Weil es so unglaublich schwer ist, sich nicht dafür zu interessieren.

Kay schlendert langsam über den Schulhof auf uns zu. Ich habe bisher nicht mit ihm über seinen Ausraster auf dem Ausflug gesprochen, als ich es einmal probiert habe, war er so abweisend, als hätte er das Ganze schon vergessen.

»Wollen wir uns am Wochenende einen Film ansehen?«, fragt er.

Er lässt seinen Rucksack und eine Tüte auf den Boden fallen und hüpft auf den Tisch vor unserer Bank, sodass er höher sitzt und auf uns herabschaut.

»Können wir gern machen«, antworte ich, und Sari schließt sich an.

»Okay!«, sagt Kay und zählt begeistert ein paar Filme auf, die wir uns ansehen können: »Star Wars, Toy Story 2, Hunger Games.«

»Harry Potter?«, schlage ich vor, aber der Vorschlag wird von Sari und von Kay abgelehnt.

»Vielleicht an Weihnachten«, tröstet mich Sari, und Kay fährt fort:

»Kevin allein zu Haus! Das ist ein Klassiker! Aber vielleicht auch eher was für Weihnachten?«

Er redet und redet und ist so mit seiner Filmliste beschäftigt, dass er nicht mitkriegt, wie auf seinem Smartphone eine Nachricht eingeht. Er hat es neben sich auf den Tisch gelegt mit dem Display nach oben, und jetzt poppt eine Nachricht auf, die Kay selbst nicht registriert. Es ist nicht meine Art, auf anderer Leute Handys rumzuspionieren, aber ich kann es nicht vermeiden:

Anna Michaelsen: Hey ya'll, habe retardedmuch aktualisiert. Enjoy!

Retarded much? Das klingt vertraut.

Ich will Kay gerade danach fragen, als er sich plötzlich zu mir umdreht und blitzschnell sein Smartphone an sich nimmt. Ich blicke entgeistert zu ihm hoch, was er anscheinend merkt, er steht nämlich mitten im Satz auf, nimmt seine Sachen und geht los.

»Ich muss mal!«, ruft er uns zu, und Sari und ich bleiben zurück und tauschen verwirrte Blicke.

»Was ist denn mit dem los?«, fragt Sari mit einem Lächeln um den Mund, bevor sie selbst schlussfolgert: »Bestimmt hat er sich den Magen verdorben.«

»Retarded much«, flüstere ich vor mich hin.

»Nein, Durchfall«, korrigiert mich Sari unschuldig, »oder was hast du gerade gesagt?«

»*Retarded much?*«, wiederhole ich wie ein Zombie, bevor es mir plötzlich wie Schuppen von den Augen fällt und ich nur »SARI!!« brülle.

Sie zuckt zusammen.

»Was ist?«, zischt sie zurück.

»Retarded much! Das ist bestimmt die geheime Seite!«

»Wovon redest du? Die geheime Seite?«, sagt Sari abwehrend.

»Von Anna!« Ich spreche immer noch ziemlich laut. »Wo sie all die Sachen postet, die nicht auf ihrem normalen Blog auftauchen. Und ich glaube, dass Kay die Seite kennt!«

Sari legt den Kopf schief und sieht mich an, aber ich rede weiter:

»Und jetzt weiß ich auch wieder, wo ich das schon mal gehört habe! Auf unserem Schulausflug! Als Anna Kay fotografiert hat! Da hat er ihr gedroht, ihren geheimen Blog zu verraten, wenn sie das Bild dort postet! Erinnerst du dich? Er hat gefragt: *Auf welchem Blog? Annabananas oder retard* … Weiter ist er nicht gekommen, weil Anna ganz hysterisch reagiert hat.«

»Ich kapier gar nichts«, jammert Sari, und ich

muss ihr erklären, wie alle Puzzleteile miteinander zusammenhängen.

»Anna hat eine heimliche Seite! Ich habe es gewusst! Und auf der landet bestimmt die Hälfte ihrer Fotos und Videos, die werden jedenfalls nicht auf ihrem rosa Schminkblog gepostet!«

Ich schnappe nach Luft. Und als ich Sari anschaue, wirkt es so, als würde auch sie allmählich die Zusammenhänge erkennen:

»Und die heißt *retardedmuch*?«, fragt sie skeptisch. »Du weißt ja, was das heißt, oder?«

»Ja«, sage ich, »das heißt … *zurückgeblieben* … und zwar *sehr*!«

Ich antworte wie bei einer Klassenarbeit, ohne ernsthaft über den Inhalt oder die Bedeutung der Worte nachzudenken.

»Sooo …«, sagt Sari und räsoniert weiter, »das klingt nicht besonders positiv.«

»Nein«, nicke ich und begreife gleichzeitig, was die beiden Worte eigentlich bedeuten. »Worum geht es auf der Seite, was meinst du?«, frage ich nach ein paar Sekunden schockiert.

»Keine Ahnung«, antwortet Sari und schüttelt kaum merklich den Kopf.

»Das müssen wir herausfinden«, beschließe ich.

»Einverstanden«, nickt Sari, und ich weiß, dass wir es beide ernst meinen.

»Aber wie?«, fährt Sari fort: »Anna will ja ganz offensichtlich nicht, dass wir zu ihrer geheimen Clique gehören.«

»Nein, offensichtlich nicht«, antworte ich. »Aber Kay gehört zu der geheimen Clique! Das habe ich auf seinem Smartphone gesehen. Gerade eben!«

»Ist das wahr?«, fragt Sari schockiert.

»Ja! Darum musste er so plötzlich aufs Klo! Er verheimlicht uns was!«

Wir bleiben eine Weile sitzen und blicken uns an, denken schweigend über den Verrat nach. Dass Kay, den wir beide für einen unerschütterlichen Teil unseres Trios gehalten haben, sich hinter unserem Rücken mit unserer ärgsten Feindin verbündet hat, ist zu schrecklich, um wahr zu sein.

»Wir müssen herausfinden, was es mit der Seite auf sich hat. Hilfst du mir?«

»Klaro«, antwortet Sari, ohne zu blinzeln, und begegnet meinem todernsten Blick.

Um uns herum spielen Kinder aller Altersgruppen unter dem grauen Himmel. Manche spielen Himmel und Hölle, andere klettern auf das Klettergerüst, und wie üblich ist auch ein Fußballspiel im Gange. Ich sitze da und schaue mich um, frage mich, wer von dem Blog weiß. Wer gehört dazu? Wer auf diesem Schulhof hat Zugang zu *retarded-*

much? Und was kriegen diejenigen zu sehen, wenn sie auf die Seite gehen?

Ja, das müssen wir herausfinden.

»Aber wie?«, frage ich. »Müssen wir uns jetzt mit Anna und Christina anfreunden?«

»Nee …«, meint Sari, »ich denke, wir sollten uns zuallererst die Seite anschauen.«

Eine naheliegende und simple Idee, auf die ich selbst vor lauter Aufregung nicht gekommen bin. Sari holt ihr Handy aus der Tasche, geht auf den Browser und sucht nach *retardedmuch*. Es dauert keine zehn Sekunden, schon sind die Suchergebnisse da, und an dritter Stelle, unter einer Informationsseite und einer amerikanischen Comedyseite, finden wir einen norwegischen Blog. Wir tauschen kurz Blicke, bevor Sari den Link anklickt.

Es öffnet sich eine Seite in einem fiesen Orangeton mit einer großen selbst gebastelten Überschrift, unter deren Logo ein Passwort verlangt wird.

Wir tauschen wieder Blicke, etwas nervöser dieses Mal.

»Und jetzt?«, frage ich resigniert.

Sari sieht mich an, bevor sie beherrscht sagt:

»Wir müssen an Kays Handy rankommen.«

Sari, die normalerweise großen Wert auf moralisches Verhalten legt, die immer freundlich und gerecht ist, schlägt tatsächlich vor, das Handy unseres besten Freunds zu klauen?

Aber ich nicke ihr zu. Das müssen wir.

»Und wie?«, frage ich. »Er weiß ja jetzt, dass wir es wissen.«

»Hm«, brummt Sari, bevor sie einen Plan vorstellt, an dem andere mindestens eine Woche gebrütet hätten:

»In der nächsten Stunde haben wir Kunst und Werken, wir fangen bestimmt mit der Vorbereitung der Weihnachtsrevue an, da wird es ziemlich chaotisch zugehen. Vielleicht können wir es in der Zeit irgendwie schaffen? Ich weiß, wo Kay sein Handy hat, es steckt immer in seinem Rucksack, in der Vordertasche. Irgendwie müssen wir es dort rauspfriemeln, ohne dass er es merkt, und *retardedmuch* anklicken.«

Der Plan ist gut, aber riskant, und ich kann nur hoffen, dass wir dabei eine ordentliche Portion Glück haben. Angespannt und schweigend stehen wir auf und gehen zum Werkraum.

Sari und ich lassen uns nichts anmerken, als wir den Werkraum betreten. Kay hat sich woanders hingesetzt als sonst, an einen Tisch, an dem es für uns keine freien Plätze mehr gibt. Sari wirft mir einen kurzen Blick zu, der bestätigen soll, was ich auch gerade denke: Kay hat uns tatsächlich verraten.

Die Stunde beginnt, und wir werden sofort mit den Vorbereitungen für die Weihnachtsrevue konfrontiert. Es fühlt sich merkwürdig an, schon jetzt an Weihnachten zu denken, aber Frau Nielsen versichert uns, dass wir keine Sekunde zu früh dran sind, wenn man bedenkt, was alles vorzubereiten ist. Die Organisation der Weihnachtsrevue ist eine große Verantwortung, sie wird den Klassen der Paten aufgetragen und den dazugehörigen Patenkindern. Es ist keineswegs so, dass ich mich nicht auf die Weihnachtsfeier freue, nur jetzt muss ich an so viel anderes denken, dass ich den Gedanken, dass meine Jahrgangsstufe in diesem Jahr die spektakuläre Weihnachtsrevue für unsere Eltern auf die Beine stellen wird, nicht genießen kann.

Frau Nielsen schlägt vor, dass wir zunächst einmal das vorhandene Material sichten, bevor wir eventuell etwas Neues planen. Gemeint sind Weihnachtsschmuck, aber auch Tierkostüme für die eigentliche Aufführung, es gibt also vieles zu regeln und eventuell zu nähen und zu kleben.

»Wir müssen zuerst die Schränke durchsehen und die vorhandenen Stoffreste sortieren, und ich brauche auch eine Gruppe, die mit mir auf den

Dachboden kommt, um nachzuschauen, was es dort an Weihnachtsschmuck und anderem Kram gibt«, informiert uns Frau Nielsen.

Es ist ein Riesenglück, dass Kay ausgewählt wird, mit ein paar anderen auf den Dachboden zu gehen, und ich sehe Sari an, dass auch sie unser Glück kaum fassen kann.

Wie Steinskulpturen sitzen wir auf unseren Stühlen, während sich alle um uns herum an ihre Aufgaben machen, bis Frau Nielsens Gruppe das Klassenzimmer verlassen hat und auf dem Weg zum Dachboden ist. Sofort steht Sari auf und steuert im Schutz des allgemeinen Chaos langsam auf Kays Platz zu.

Kay hat seinen Rucksack über den Stuhlrücken gehängt, und nur ich sehe, wie Saris schmale Hand in die Vordertasche gleitet und etwas herausholt, was sie blitzschnell in ihrer Hosentasche versteckt. In fast normalem Tempo verlässt sie umgehend das Klassenzimmer, und sie hat die Tür noch nicht hinter sich geschlossen, da mache ich sie auf, schlüpfe nach draußen und gehe ihr hinterher.

»Beeil dich!«, faucht sie mich an, als ich atemlos die letzten Treppenstufen erklimme und im ersten Stock ankomme. Wir sind allein, denn die ganze Schule hat Unterricht und sitzt in verschiedenen Fächern in ihren jeweiligen Klassenzimmern.

»Hast du das Handy?«, frage ich fast skeptisch.

»Klaro«, antwortet Sari, »aber nicht lange! Das ist superstressig.«

»Okay«, nicke ich und komme gleich zur Sache, »die Nachricht, die ich auf Kays Display gesehen habe, war eine Gruppennachricht, ich denke, die Wahrscheinlichkeit ist groß, dass das Passwort irgendwann mal an alle verschickt wurde.«

Wie eine professionelle Ermittlerin zieht Sari das Handy heraus und tippt den Entsperrcode ein, als wäre es ihr eigener.

»Deinen kenne ich auch«, sagt sie, als sie meinen verwirrten Gesichtsausdruck sieht.

»Okay«, antworte ich und denke, dass es eigentlich auch egal ist und ich im Moment einfach dankbar bin für Saris ungeahnte Schnüffelqualitäten.

»So, dann wollen wir mal sehen …«, fährt Sari fort und scannt das Display, auf dem unzählige Apps auftauchen.

Innerhalb von zwei Sekunden hat sie das Nachrichtensymbol gefunden, und alle persönlichen Nachrichten an Kay erscheinen auf dem Bildschirm. Ein Anflug von schlechtem Gewissen zwingt mich, darüber nachzudenken, was wir hier gerade tun: jemandes Handy stehlen und darauf herumspionieren. Ich überlege, Sari zu bremsen, aber der Wunsch, das Geheimnis zu lüften und die Sache zu erforschen, wirkt wichtiger und wertvoller, und ich lasse sie gewähren.

Annas Name findet sich fast ganz oben in der Liste und, ohne zu zögern, klickt Sari ihn an. Die Nachricht, die ich auf Kays Display gelesen habe, taucht zusammen mit allen anderen Nachrichten aus dem Chat auf. Die meisten stammen von Anna, manche von Christina und ein paar wenige von anderen Schülern aus unserer Klasse. Fast alle Nachrichten sind Aktualisierungen, wie Kay sie in der großen Pause bekommen hat, sie informieren über einen neuen Post oder Kommentar auf *retardedmuch*. Kay hat auf keine einzige geantwortet.

Sari wischt sich hektisch durch den Chat, und ich verstehe sofort, warum. Sie will zum Anfang kommen, wo höchstwahrscheinlich einmal das Passwort mitgeteilt worden war, und Bingo! In einer der allerersten Nachrichten vor etwas mehr als drei Wochen schreibt Anna:

»Hey ya'll! Das Passwort für den Blog ist larsistzumbruellen. Enjoy!«

Lars ist zum Brüllen? Mein Lars? Ich will gerade etwas dazu sagen, aber Sari hebt die Hand und sagt Pst, womit sie mir bedeuten will, dass jetzt nicht die Zeit für Diskussionen ist. Stattdessen klickt sie

Kays Browser an und tippt irre schnell r e t ins Suchfeld, schon erscheint als erster Vorschlag die ganze URL. Sari geht auf den vorgeschlagenen Link, und die orangefarbene Seite taucht auf. In das Feld, in dem nach dem Passwort verlangt wird, tippt Sari *larsistzumbruellen*.

Eine neue Seite wird geladen, und ich traue meinen Augen kaum:

Unter der Überschrift *retardedmuch* leuchtet uns ein vergrößertes Foto von Lars entgegen. Das Foto wurde aufgenommen, nachdem Lars im Schulhof gestolpert war und losgeheult hatte. Im Hintergrund kann man eine gestresste Frau Nielsen sehen, die angelaufen kommt, und meine Silhouette, als ich mich zu den beiden umdrehe.

Was ist das hier?

Sari scrollt die Seite hinunter, und mit jedem Foto, das auftaucht, wird mir bewusst, wie ernst die Situation ist, es trifft mich wie ein elektrischer Schlag, mir wird übel, und ich bin wie benommen:

Wir sehen Fotos über Fotos von Lars in irgendeiner uncoolen oder wenig schmeichelhaften Pose oder Situation. Lars, der allein im Schulhof steht und Zauberformeln in die Luft wirft, Lars, der Hafergrütze isst und große Klumpen auf den Pullover fallen lässt, Lars mit der Turnerfahne in der

Sporthalle, Lars von hinten, als seine Hose etwas zu tief hängt und die Pofalte zeigt. Unzählige Bilder eines wehrlosen Lars, der überhaupt nicht weiß oder merkt, dass er gefilmt oder fotografiert wird.

Alle Posts haben einen bösen Titel und werden von unschönen Kommentaren begleitet, die Lars noch mehr in den Dreck ziehen:

Der Tierpark hat angerufen, sie wollen ihren Affen wiederhaben.

Habe gestern essen gelernt. Zum Totlachen.

Retardedmuch?

Harry Potter retarded version!

Larsistzumbruellen.

Ein grausames Gefühl von Wut, aber auch Mitgefühl für Lars steigt in mir hoch. *Larsistzumbruellen.* Verdammt, ist das mies! Mein Blick begegnet Saris, die mich ungläubig und geschockt anstarrt.

»Verdammt!!«, sagt sie, als könnte sie meine Gedanken lesen: »Wie mies!«

Mir fehlen die Worte, tausend Gedanken schießen mir durch den Kopf. Diese Mobbingseite ist so grausam, dass ich sie mir in meinen wildesten Fantasien nicht hätte vorstellen können. Gleichzeitig spüre ich, wie Panik in mir hochsteigt, denn wie kann ich das Ganze stoppen, ohne mehr Aufmerksamkeit auf mich (oder Lars) zu ziehen als absolut nötig?

»Ich glaube, wir müssen zurückgehen …«, höre ich Sari sagen.

»Ich weiß«, antworte ich geistesabwesend, und wir gehen schweigend zurück in den Werkraum. Mein Kopf ist voll von widerstreitenden Gedanken, in denen ich versuche, einen Plan auszuhecken, wie ich Lars retten kann, ohne mich selbst zu verraten. Denn was sind die Konsequenzen, wenn ich Anna und Christina verpetze? Wie viele andere und wen genau verpetzt man dann noch? Ist Adam auch dabei?

Ein herzallerliebster Lars erwartet uns in der Tür mit einem Weihnachtsmann in der Hand, aber ich kann seinen glücklichen Blick fast nicht erwidern. Ich schaue mich in meiner Klasse um, und ein Gefühl von Ratlosigkeit gemischt mit Ekel steigt in mir hoch.

Fast geräuschlos läuft Sari durch den Raum und steckt das Handy in Kays Rucksack, genau in dem Moment, als seine Gruppe mit großen Kisten voller Weihnachtsschmuck vom Dachboden zurückkommt.

Kay scannt mit nervösen Blicken das Zimmer ab, aber Sari ist zum Glück schnell genug, schon steht sie in einer Ecke und sortiert Weihnachtsgirlanden aus einer Kiste. Sie wirft mir einen scharfen Blick zu, den ich mit einem kurzen Nicken beantworte, wir haben beide begriffen, dass etwas passieren muss.

Das ist doch zum Brüllen

Nach der Stunde stehe ich allein in unserer Ecke im Schulhof und warte auf Sari. Mein Kopf ist voller Gedanken und Gefühle, die ich nicht sortiert kriege oder miteinander in Verbindung bringe, weil sie so widersprüchlich sind. Ich denke an Lars und dass ich ihm helfen muss, während ich gleichzeitig denke, dass ich am liebsten ganz weit weg wäre.

Was mache ich jetzt? Soll ich Frau Nielsen davon erzählen? Oder Bent?

Ich weiß, dass das naheliegend wäre, und ich weiß, dass Sari es vorschlagen wird, trotzdem bin ich unsicher. Ich denke, dass dann alles nur noch schlimmer wird. Das Letzte, was ich will, ist, dass Lars davon erfährt und entdeckt, dass im Internet eine reelle Mobbingkampagne läuft, die ausschließlich gegen ihn gerichtet ist und auf seine Kosten geht. Das will ich ihm gern ersparen.

Ich denke, dass ich das irgendwie allein regeln muss, ohne dass ein Riesenzirkus daraus wird. Plötzlich bereue ich es, Sari mit hineingezogen zu haben. Ich weiß, dass sie das Richtige tun will, dass sie direkt zu Frau Nielsen gehen will oder die Eltern von Anna und Christina anrufen möchte.

Doch noch bevor ich sie über den Schulhof kommen sehe, habe ich mich entschieden, ich muss Sari davon abhalten, das Richtige zu tun. Ich muss sie überreden, mir Zeit zu geben, die verschiedenen Möglichkeiten auszuloten und sie gegeneinander abzuwägen, auch wenn ich mich in einer Grauzone bewege.

»Das müssen wir sofort Frau Nielsen erzählen«, sagt Sari, ohne weiter darüber nachzudenken.

»Nein!«, kommt es wie aus der Pistole geschossen von mir.

»Was heißt hier nein?«, kontert Sari verblüfft.

»Das heißt, dass wir zuerst darüber nachdenken müssen. Ich will nicht, dass Lars etwas erfährt.«

»Okay?«, sagt sie scharf, und ich weiß, dass sie recht hat, wenn sie skeptisch ist, aber ich versuche trotzdem mein Glück:

»Ich will, dass wir eine Lösung finden, ohne dass ein Riesenaufstand daraus wird. Verstehst du?«

Ich werfe Sari einen Blick zu, den ich für überzeugend und unschuldig genug halte, aber sie durchschaut mich.

»Du willst nur nicht, dass du selbst mit hineingezogen wirst«, sagt sie.

Ich will nicht, dass ich selbst mit hineingezogen werde. Mir wäre am liebsten, das Problem würde sich von alleine lösen, alles würde sich auf magische Weise klären und in Luft auflösen, ohne dass ich auch nur einen Finger krummmachen oder auch nur Stellung beziehen müsste. Aber wenn diese Möglichkeit schon nicht infrage kommt, wünsche ich mir, dass es sich wenigstens so diskret wie möglich lösen lässt.

»Wir sollten bis morgen darüber nachdenken«, sage ich, und nach wenigen Sekunden akzeptiert Sari merkwürdigerweise meinen Vorschlag.

»Okay, du hast Zeit bis morgen, aber bis dahin hast du einen Plan ausgebrütet, der besser ist, als zu Frau Nielsen zu gehen, sonst gehen wir zu Frau Nielsen!«

Ich weiß nicht, ob ich mir nur mehr Zeit gekauft oder nicht sogar ein größeres Problem eingehandelt habe, aber mein Bauchgefühl sagt mir, dass ich es bis morgen schaffen kann.

Sari und ich verlassen gemeinsam den Schulhof, dann trennen wir uns. Sari muss zur Orchesterprobe, und ich muss nach Hause und Papa beim Kochen helfen, ich habe ihm nämlich versprochen, Bents Rezept für die Zucchinisoße mit ihm auszuprobieren.

Der ganze Bürgersteig liegt voll mit nassschwerem Laub. Kleine Tropfen fallen leise vom Himmel, und ich ziehe die Kapuze fest über den Kopf. Ich muss gründlich nachdenken und habe das Gefühl, dass mir die Kapuze hilft, mich von meiner Umwelt abzuschotten. Ich sehe nur meine eigenen Füße, die träge über den nassen Asphalt stolpern.

Plötzlich stoße ich mit jemandem zusammen.

»Sorry!«, sage ich, als ich unter meiner Kapuze herausschaue und feststelle, dass ich geradewegs in Christina hineingelaufen bin, die dicht neben Anna steht.

Das zarte Gefühl von Optimismus, das sich beim Gedanken an eine Lösung für das Mobbingproblem in meinem Bauch eingestellt hat, fällt sofort wieder in sich zusammen und bleibt dort zurück wie ein schmutziger, ausgewrungener Putzlappen.

Anna und Christina stehen unter einem riesigen Schirm, der sie vor dem Regen schützt. Beide sehen mich böse an, und Anna grunzt leise »Hallo«.

»Was gibt's Neues?«, fragt Christina.

»Nicht viel«, antworte ich.

»Okay?«, fährt Christina fort, nimmt ihr blödes Handy hoch und richtet es auf mich.

»Hör auf damit«, sage ich entschlossen und halte die Hand vors Gesicht.

»Was denn?«, sagt Christina und tut so, als wäre gar nicht klar, dass sie filmt.

»Hör auf, mich zu filmen, oder was du da machst.« Meine Stimme ist erregt.

»Wow, paranoid much?«, fragt Anna spöttisch.

»Retarded much?«, zische ich zurück und mache einen Schritt nach vorn, um Christina das Handy zu entreißen.

Ich werde von Anna daran gehindert, die sich breitschultrig vor mir aufbaut. Ihre Augen leuchten schadenfroh. Sie hat mich genau dort, wo sie mich haben will.

»Chill mal!«, sagt sie mir ins Gesicht und sieht sich gleichzeitig um, will abchecken, dass wir kein Publikum haben.

»Ich weiß von eurer Homepage«, sage ich drohend.

»Was sagst du?«, fragt Christina provozierend und hält die Handykamera auf mich.

»Ich weiß Bescheid über *retardedmuch*«, wiederhole ich.

»Okay?«, antwortet Anna eiskalt. »Soll das eine Drohung sein?«

»Du bist ja selbst der perfekte Post!«, lacht Christina und erklärt sich: »Dein Stunt in der Sporthalle hat ganz klar die meisten Likes abgesahnt.«

Stunt in der Sporthalle? Als ich Lars vor ein paar

Wochen vor dem Zauberfiasko gerettet habe, habe ich mich da für *retardedmuch* qualifiziert? Das Foto hatte ich nicht entdeckt, als Sari und ich auf Kays Handy herumspioniert haben.

»Du bist eine echte Internetsensation!«, fügt Christina hinzu.

»Was willst du damit sagen?«, frage ich und kann nicht verhindern, dass meine Stimme brüchig wird.

»Dass es fast so ist, als wärst du selbst ein Mongo.«

Wer hat das Foto von mir gesehen? Hat Kay es gesehen? Hat er sich köstlich amüsiert und dann weitergewischt? Ohne mir etwas davon zu erzählen? Es fühlt sich unglaublich mies an. Und Adam? Er hat es garantiert gesehen und so viel gelacht, dass er sich kaum auf den Beinen halten konnte, und dann hat er es bestimmt seinen Freunden gezeigt, und alle haben noch lauter gelacht.

Meine Augen füllen sich mit Tränen, die sich nicht zurückhalten lassen. Mein ganzer Körper bebt vor Wut, und ich würde Anna am liebsten die Faust ins Gesicht rammen, aber ich bleibe stattdessen stehen und starre stumm zu Boden. Regentropfen fallen herab und vermischen sich mit meinen Tränen auf dem Asphalt.

»Haha, chill mal«, Christinas Stimme klingt durchtrieben, aber merkwürdigerweise hat es fast etwas Tröstliches, »das ist doch zum Brüllen.«

Das ist doch zum Brüllen?, denke ich etwas hilflos.

»Das ist Mobbing«, sage ich nach einer kurzen Denkpause.

»Nein«, verteidigt Anna sich. »Das ist Humor. Das ist lustig! *Haha*! Verstehst du?«

Ich verstehe gerade gar nichts, aber das will ich vor Anna und Christina nicht zugeben. Stattdessen spiele ich mit, so gut ich kann, und trockne mir die Augen.

»Gibt es noch mehr Bilder von mir?«, frage ich, nachdem ich mich wieder etwas gefasst habe.

»Ähm, ja«, antwortet Christina und sucht welche auf ihrem Handy.

»Hier«, sagt sie so sanft, dass ich ihre Stimme fast nicht wiedererkenne.

Sie zeigt mir ein Foto, auf dem ich Lars helfe, nach einer Stunde im Kunst- und Werkunterricht Farbe von seinen Händen abzuwaschen, und dann im Schritt meiner hellbraunen Khakihose einen dicken Wasserfleck habe, wodurch es so aussieht, als hätte ich in die Hose gepinkelt. Ich kann mich sehr gut an den Tag erinnern, ich dachte nur nicht, dass es sonst noch jemand gesehen hat.

»Retarded much?«, fragt Christina freundlich und lacht.

»Du musst zugeben, dass das ziemlich witzig ist«, ergänzt Anna.

Ich will überhaupt nichts zugeben, ich will nur raus aus dieser Nummer. Ach, hätte ich bloß eine Zauberformel erfunden, die mich hier rausholen könnte, in ein anderes Leben, wo ich kein Patenkind mit Down-Syndrom habe, das von anderen fotografiert und gemobbt wird. In eine Welt, wo mich das alles nichts angeht, wo mich kein Mensch sieht und wo ich in Ruhe gelassen werde.

»Aber weißt du was?« Christina weckt mich mit ihrer honigsüßen Stimme aus meinen Tagträumen. »Ich lösche es!«

Sie tippt mit dem Daumen auf dem Display herum und hält mir dann das Handy hin.

»So! Weg!«

Ich lasse erleichtert die Schultern sinken. Wenn sie nur auch noch das Zauberfoto aus der Sportstunde löschen könnte, hätte ich keine Probleme mehr.

»Und das andere Bild?«, frage ich unsicher.

»Du bist ja undankbar«, wirft Anna ein.

»Nein«, antworte ich und starre wieder zu Boden.

»Okay«, sagt Anna aus ihrer Machtposition unter dem Regenschirm heraus, »lösch es.«

Der Befehl geht an Christina, die sofort gehorcht.

»Danke«, höre ich mich sagen und bekomme

mit, wie Anna und Christina Blicke tauschen. Ich kann nicht glauben, dass ich es selbst gesagt habe, aber das Wort kam aus meinem Mund, und ich bin auch dankbar.

»Wie könntest du dich für diesen Freundschaftsdienst erkenntlich zeigen?«, fragt Anna.

Ich sehe sie an und begreife nicht ganz, was sie meint. *Freundschaftsdienst?*

»Was könntest du für uns tun, nachdem wir das für dich getan haben?«, erklärt Christina.

Ich stehe da und denke nach, während der Regen auf mich herunterprasselt und langsam durch meine Jacke dringt.

»Ich habe auch Fotos«, kommt es plötzlich aus meinem Mund.

Was mache ich da?

»Was willst du damit sagen? Fotos von Lars?«

»Ja«, bestätige ich.

Ich habe keine Ahnung, wohin das führt, aber ich will um jeden Preis raus aus dieser Situation, weg von dieser Straßenecke und Anna und Christina, koste es, was es wolle.

Wortlos hole ich mein Handy heraus. Meine Bewegungen sind langsam, aber entschieden, als ginge alles in Zeitlupe vor sich. Ich gehe in die Galerie, wo die Selfies, die ich mit Lars auf unserem Ausflug gemacht habe, liegen, zumindest zwanzig davon.

Mit geübten Fingern schneide ich mich selbst aus den Fotos heraus, sodass Lars mit seinen schlimmsten Grimassen allein zurückbleibt. Heraushängende Zunge, schielender Blick, und manche wurden von schräg unten aufgenommen, sodass man direkt in seine Nasenlöcher schauen kann, in denen kleine Popel zu sehen sind.

Ich suche in meinen Kontakten nach Annas Nummer und schicke ihr alle Bilder zu. Als das letzte Foto abgeschickt ist, rollt eine Flutwelle der Erleichterung durch meinen Körper. Hier und jetzt weiß ich nicht, wie teuer ich für meine Freiheit bezahlt habe, aber es fühlt sich trotzdem gut an.

»Danke, Amanda. Voll cool von dir«, sagt Anna und lächelt mich an, nicht falsch wie sonst, sondern offen und herzlich.

Erst jetzt steigt Panik in mir hoch.

Mit einem großen Dankeschön an Amanda!

Am nächsten Morgen warte ich an der üblichen Straßenecke auf Sari, stehe aber nicht still. Ich laufe vielmehr fortwährend in einem Kreis, den ich mit den Füßen ins Laub getrampelt habe. Runde für Runde in einer ewigen Gedankenspirale.

Seit gestern verspüre ich eine schreckliche Angst, die ständig weiterwächst. Das schlechte Gewissen gegenüber Lars hat sich mit der Angst vor Annas und Christinas Plänen vermischt, die wiederum hat sich mit einem Gefühl von Enttäuschung und Ekel vor mir selbst vermischt. Ich habe immer gewusst, dass ich ein schwacher Mensch bin, aber dass ich so schwach bin, hätte ich nie gedacht.

Warum um Himmels willen habe ich Anna und Christina bloß die Fotos geschickt? Ich war ja in der besseren Position. Ich hätte bloß zu Frau Nielsen gehen und die beiden verpetzen können. Dann hätte ich die ganze Schule und alle Eltern auf meiner Seite gehabt. Aber dann hätten sicherlich auch Lars und die wenigen, die von dem Blog nichts wussten, davon erfahren. Ich kann mir gut das Chaos an Antimobbingkampagnen vorstellen, das Frau Nielsen angerichtet hätte, und wie die ganze Schule von nichts anderem reden würde als von Lars und dass er zum Brüllen ist.

Trotzdem hatte es in der Situation mit Anna und Christina auch etwas gegeben, was sich richtig angefühlt hatte. Als würde ich für meine Tat belohnt. Ich wollte die Fotos von Lars weitergeben. Das hatte mir gefallen. Ich hatte mich akzeptiert gefühlt. Und cool. War es wirklich so einfach?

Nein, war es nicht, das Ganze hatte auch einen bitteren Beigeschmack, hatte etwas Schäbiges an sich. Der Gedanke, zu den Coolen zu gehören, war rasch durch ein fieses Gefühl von Verrat ersetzt worden. Mit diesem Gefühl, das wie eine Gewitterwolke über mir hing, stolperte ich gestern triefnass durch die Haustür. Papa hatte vor lauter Schreck gefragt, ob ich nicht zuerst heiß duschen wollte, aber ich hatte solche Angst davor, dass Anna und Christina die Fotos schon hochgeladen hatten, dass ich sofort in mein Zimmer gestürzt war und *retardedmuch* aufgerufen hatte, ohne vorher die nassen Klamotten auszuziehen.

Zehnmal hatte ich die Seite gestern aufgerufen, aber keins der Fotos war gepostet worden. Ich habe auch jetzt das Handy in der Hand, um schnell noch einmal *retardedmuch* anzuklicken, bevor Sari kommt, aber der Blog ist immer noch nicht aktualisiert worden.

»Jo!«, ertönt es plötzlich hinter mir, und ich fahre zusammen.

»Bereit für den Kriegspfad?«, fragt Sari tatendurstig, als sie vor mir steht.

»Hä?«, antworte ich ihr aus dem Nebel in meinem Kopf.

»Bist du bereit, Anna und Christina eins auf die Mütze zu geben? Wir müssen Frau Nielsen davon erzählen. Einverstanden?«

»Vielleicht …«, antworte ich und habe eine Heidenangst davor, dass Sari mich durchschaut.

»Vielleicht? Hallo!?«

»Ich bin … nur nicht sicher, ob das als Rache taugt, wenn du verstehst, was ich meine.«

»Nein«, antwortet Sari und sieht mich streng an.

»Ich meine nur, dass es vielleicht mehr Wirkung zeigt, wenn wir das selbst in die Hand nehmen. Ohne Frau Nielsen.«

Ohne Frau Nielsen bedeutet hoffentlich ohne Bent, was wiederum ohne meine Eltern und den

Rest der Welt bedeutet, und ohne Lars. Eins habe ich kapiert, ich bin nicht länger unschuldig, aber ich glaube, es gibt eine Lösung, bei der ich nicht mit in den Abgrund gezogen werde. Eine Lösung, die so gut ist, dass ich auch Sari nichts zu verraten brauche.

Als ich gestern in meinem Zimmer saß und so angestrengt nachdachte, dass es wahrlich knirschte, fiel mir nämlich ein Foto ein, das ich von Anna habe, aus der Zeit, als wir noch beste Freundinnen waren und sie sich auf der Hütte einen ganzen Sommer lang geweigert hatte, zum Pinkeln in den Wald zu gehen, und sich stattdessen lieber auf einen rosa Nachttopf gesetzt hat. Dieser Sommer ist in einem einzigen Bild dokumentiert, von dem es nur ein Exemplar gibt, das jetzt sicher verwahrt in einem von Mamas sorgfältig zusammengestellten und archivierten Fotoalben im Bücherregal zu Hause steht. Aber davon erzähle ich Sari nichts, je weniger sie weiß, umso besser. Stattdessen schlage ich vor:

»Wir können Anna und Christina damit drohen, dass wir sie verraten, dann hören sie vielleicht mit ihrer Mobbingkampagne auf und löschen den Blog?«

Sari sieht mich an, sie hat ihre kräftigen Augenbrauen hoch in die Stirn gezogen, und es fühlt sich an, als würden ihre eisblauen Augen direkt in meine verdorbene Seele schauen.

»Und sie davonkommen lassen?«, fragt sie provozierend.

»Ähm.« Ich weiß, wie zahm ich klinge, aber ich beharre auf meiner Ansicht.

»Ich denke an Lars«, fahre ich fort.

»Du denkst an Lars?«, wiederholt Sari und sieht mich an, als wäre ich verrückt geworden.

Wir machen uns langsam auf den Weg zur Schule und diskutieren weiter.

»Die Rache ist ja gewissermaßen, dass sie damit nicht weitermachen können? Oder? Das wird sie tierisch ärgern ... Und wir können Lars außen vor halten«, erkläre ich mit meinem ganzen pädagogischen Geschick und fühle mich gleichzeitig wie die falscheste Freundin der Welt.

»Da magst du recht haben«, antwortet Sari, wirkt aber nicht überzeugt.

»Wir können ja heute noch mal abwarten«, fahre ich fort, »alles beobachten. Uns anschauen, was Kay macht und wie er sich verhält. Vielleicht hat er Anna und Christina gesagt, dass er uns in Verdacht hat? Vielleicht kapieren sie dann von selbst, dass sie damit aufhören müssen?«

Tief in meiner Seele tut es weh, Sari anzulügen, aber ich habe keine Wahl. Von jetzt an muss ich solo arbeiten, und mein bisher bester Plan besteht darin, Anna mit dem Nachttopffoto zu drohen.

Der Schultag verläuft ungewöhnlich ruhig. Ich sehe kein einziges Handy und niemanden, der andere im Flur in die Rippen boxt. Noch hatte ich keine Gelegenheit, Anna mit meinem Erpressermaterial zu konfrontieren, aber ich muss auch zugeben, dass ich nicht sehr eifrig danach gesucht habe.

Vor der großen Pause sitzen wir hauptsächlich still an unseren eigenen Pulten und bearbeiten verschiedene Aufgaben, und während der großen Pause melde ich mich, warum auch immer, freiwillig, um in der Sporthalle, wo wir in der nächsten Stunde mit der ganzen Jahrgangsstufe einen Vortrag in Naturkunde hören sollen, Stühle und Bänke aufzustellen.

Ich habe seit heute Morgen fast kein Wort mehr mit Sari gewechselt, aber jetzt kommt sie auf mich zu, als ich hinten in der Sporthalle stehe und die letzten Stühle aufstelle.

»Denkst du immer noch, dass wir nichts sagen sollen?«, fragt sie skeptisch.

»Mmmmm«, weiche ich aus und hoffe, mir damit Zeit zu kaufen.

»Kay hat mich heute noch nicht gegrüßt«, fährt

Sari fort, »das ist doch der reinste Wahnsinn. Wir müssen etwas unternehmen, damit alles wieder wie früher wird.«

»Wieder wie früher wird?«, sage ich und gehe ein paar Stuhlreihen weiter.

»Jetzt können wir es auf keinen Fall machen«, folgere ich, »lass uns nach dem Vortrag noch mal darüber nachdenken.«

Wenn ich Anna gleich nach dem Vortrag zur Seite nehme, kann ich vielleicht verhindern, dass Sari Frau Nielsen einweiht. Ich merke, dass sie die Geduld verliert.

»Darüber nachdenken?«, pariert Sari leicht genervt.

»Hmmm«, antworte ich ausweichend, zum Glück wird unser Gespräch von der Pausenklingel unterbrochen. Die Sporthalle füllt sich schnell mit dem Gelächter und Gejohle der anderen, die jetzt durch die Tür drängen und in den vielen Reihen Platz nehmen, die ich aufgestellt habe. Ein blonder Junge mit massenhaft Sommersprossen gesellt sich zu uns.

»Hallo«, sagt Lars leise.

»Hallo«, antworte ich und lächle ihn etwas unsicher an.

Ich versuche schon den ganzen Tag, Lars aus dem Weg zu gehen, denn sobald sich unsere Blicke kreuzen, wird ein schrecklicher Gefühlssturm in mir ausgelöst.

Ich versuche, Lars nicht so oft anzuschauen und ihm nicht mehr Aufmerksamkeit zu schenken als nötig. Stattdessen starre ich vor mich hin auf einen Hinterkopf mit dunklen Locken.

Adam.

Als hätte ich nicht schon genug Sachen im Kopf. Eine seltsame Wärme breitet sich von meiner Herzgegend bis in die Fingerspitzen aus und vermischt sich mit der Angst, die wie ein giftiges Elixier durch meinen Körper rinnt.

Ich versuche, mich entweder auf die Naturkunde oder meine Racheaktion an Anna zu konzentrieren, aber das ist nicht leicht, wenn Adam so nah vor mir sitzt.

Herr Fjell setzt sich auf ein Podium aus Paletten, die er zu diesem Anlass gestapelt hat, und fängt an, an den technischen Geräten herumzufingern. Endlich findet er die richtige Buchse und verbindet den Laptop mit dem Beamer, bevor eine große weiße Leinwand von der Decke herabgelassen wird.

Anna und Christina kommen als Letzte in den Saal. Sie scannen die drei Parallelklassen, die hier versammelt sind, und als sie mich erblicken, winken sie mir zu. Ich ertappe mich dabei, wie ich zurückwinke, begegne jedoch im selben Moment Saris Blick, der die Tragweite dieser Reaktion nicht klar ist.

»Was machst du denn da?«, blafft sie mich an, so laut, dass sogar Lars wieder in die Wirklichkeit zurückgeholt wird.

»Nichts«, flüstere ich und werde zum Glück von Herrn Fjell aus der misslichen Lage befreit, der sich laut räuspert, um die Aufmerksamkeit des Publikums zu bekommen.

Er hatte keine Lust, das Mikrofon anzuschließen, zur Kompensation schreit er fast:

»Kinder! Schule ist nicht bloß Spaß und Vergnügen! Sie ist auch eine Zeit der persönlichen Entwicklung und der Aneignung von Wissen.«

Er schaut mit zufriedenem Gesichtsausdruck über die Schüler hinweg, bevor er weiterspricht:

»Heute werden wir etwas über die verschiedenen Ressourcen unseres Landes erfahren, vom hohen Norden bis in den tiefsten Süden. Norwegen ist ein lang gezogenes Land, ihr könnt mir also glauben, dass es viel zu bieten hat. Nicht so viel wie Kuwait, aber doch eine ganze Menge …«

Während er die einleitenden Worte spricht, schaltet er den Laptop an, der vor ihm steht. Er will anscheinend auch Fotos zeigen, nach denen er jetzt sucht. Als er den Bildschirm anmacht, leuchtet die Leinwand auf und zeigt Herrn Fjells Desktophintergrund, eine Aufnahme von ihm in einem viel zu engen Surfanzug an einem perlmuttfarbenen Strand.

»Ja, das Bild hier …«, schmunzelt Herr Fjell, »wurde auf den Malediven aufgenommen. Das erkennt man am Sand, an seiner Farbe. Viele glauben, es sei von den Fidschi-Inseln, aber darüber kann ich nur lachen!«

Er klopft sich lachend auf die Schenkel. Um mich herum grinsen einige, aber da ich so angespannt bin, klingt mein Kichern fast wie ein Schluchzen, woraufhin mich Sari mit hochgezogenen Augenbrauen anschaut.

»Stimmt was nicht?«, flüstert sie mir zu, und ich schüttle energisch den Kopf.

Auch Lars sieht mich besorgt an.

Auf dem Podium hat Herr Fjell endlich die Technik im Griff und klickt sich zu der richtigen Bilddatei durch. Auf der Leinwand taucht ein Bild der norwegischen Schärenküste auf. Massive graue Felsen ergießen sich in ein dunkelblaues Meer, das bis zum Horizont glitzert. Die Szenerie wird von einer norwegischen Flagge gebrochen, die still im Wind weht.

Herr Fjell beginnt mit seinem Vortrag.

»Herrliche Natur! Aber ist sie auch nützlich?«

Er stellt uns noch mehr solche Fragen, während er sich durch die Fotoserie klickt. Ein schneebedeckter Gipfel löst ein paar aufdringliche Möwen ab.

»Vom höchsten Berggipfel bis ins tiefste Tal ist Norwegen eine Nation, die reich an natürlichen Ressourcen ist. Das Problem ist nur, dass wir nicht wissen, wie wir diese Ressourcen nutzen sollen, ohne die Erde für nachfolgende Generationen, wie ihr eine seid, zu zerstören. Ihr wollt doch sicherlich auch in Zukunft noch die Chance haben, den Nationalfeiertag zu feiern?«, fragt er die Herde leicht verwirrter Schüler.

Herr Fjell klickt wieder auf seinen Laptop, sodass auf der Leinwand ein neues Foto auftaucht: drei große Seeigel an einem Strand.

»Anstatt nach mehr Öl zu bohren, könnten wir zum Beispiel diese kleinen Burschen exportieren? In Japan gelten sie als Delikatesse! Das weiß ich, weil ich da schon war!«

Nachdem er sich zwei Sekunden lang in die Straßen Tokios geträumt hat, klickt Herr Fjell weiter: Ein Foto von zwei kleinen Kindern auf einem riesengroßen Acker voller Wildblumen wird abgelöst von dem alten Porträt eines grimmig dreinblickenden großen Elchs mitten in einem blaugrünen Wald. Herrn Fjells Kommentar:

»Der Elch ist der König des Waldes. Warum? Weil er weiß, wie er ihn bewahren kann, stimmt's? Er sorgt dafür, dass es all seinen Untertanen gut geht, sogar den Bäumen, deren Rinde er frisst! Das solltet ihr euch merken, Kinder!«

Herr Fjell klickt fröhlich weiter, und das Elchfoto wird von dem eher modernen Porträt eines Jungen mit Down-Syndrom ersetzt, der eine fürchterliche Grimasse schneidet.

Vor uns allen erstrahlt ein riesiges Foto von Lars, und über dem Foto wurde folgender Text eingefügt: LARS IST ZUM BRÜLLEN, der sich wie ein vulgärer Titel über seine Stirn zieht.

Alle halten die Luft an. Sogar Herr Fjell hält inne, weil er merkt, dass ihn alle anstarren. Schnell dreht er sich um, um nachzusehen, was auf der Leinwand vor sich geht, und als er das Foto von Lars entdeckt, sagt er verwirrt:

»Lars ist zum Brüllen? Na, so was!«

Das Blut in meinen Adern gefriert zu Eis. Ich merke, wie Sari und Lars rechts und links von mir unruhig auf ihren Stühlen hin und her rutschen.

Herr Fjell versucht verzweifelt, das Foto von seinem Bildschirm zu entfernen, aber als er auf den Knopf drückt, um zum nächsten Bild zu springen, taucht ein weiteres Grimassenporträt von Lars auf, das noch schrecklicher und peinlicher ist. Im ganzen Saal wird jetzt getuschelt und gekichert, und ich würde mir am liebsten nur noch die Ohren zuhalten, um alles von mir fernzuhalten. Stattdessen ruhen meine Hände auf dem Schoß, und ich sitze da, ohne einen Muskel zu bewegen. Aus den Augenwinkeln kann ich sehen, wie Lars mich ungläubig anstarrt, ich kann mich aber nicht dazu überwinden, seinen Blick zu erwidern.

Gleichzeitig höre ich, wie Frau Nielsen irgendwo hinter mir aufsteht und sich einen Weg zur Bühne bahnt.

»Was geht hier vor?«, fragt sie uns Schüler, ohne eine Antwort zu bekommen.

Herr Fjell wird jetzt völlig panisch und klickt sich immer schneller durch die unendlich wirkende Fotoserie. Mit jedem Klick taucht von Lars ein neues und noch uncharmanteres Foto auf. Endlich kommt Herr Fjell zum letzten Foto der Serie, einer Aufnahme von schräg unten mit Blick in Lars' Nasenlöcher, über dem unübersehbar folgende Zeile prangt: *Mit einem großen Dankeschön an Amanda!*

Ich bin erledigt.

»Verdammt!«, zischt Sari.

Lars steht von seinem Stuhl auf, verschwitzt, rot und verletzt. Tränen laufen über seine sommersprossigen Wangen. Er dreht sich zu mir um und zeigt mit dem Finger tief in meine Seele, während er vor allen laut »AMANDA!« ruft.

Jetzt laufen auch über meine Wangen Tränen, aber sie lösen keine Sympathie aus. Sari sieht mich mit einer Mischung aus Enttäuschung und Entsetzen an. Sie schüttelt fassungslos den Kopf, als sie Lars an die Hand nimmt und mit ihm nach draußen geht, weg von mir. Dem Monster.

Ich spüre Adams Blick auf mir, traue mich aber nicht, ihn zu erwidern.

»Amanda?«, ertönt es aus der Mitte des Saals, wo Frau Nielsen auf der Suche nach einer Antwort stehen geblieben ist.

Sie sieht mich verwirrt an, bevor sie mir wutentbrannt befiehlt:

»Du kommst mit!«

Langsam stehe ich auf. Es überrascht mich, dass meine Beine sich überhaupt bewegen und die erforderlichen zwanzig Schritte machen, die es bis zu Frau Nielsen sind. Als ich bei ihr bin, kehrt sie mir den Rücken zu und marschiert aus der Sporthalle, und mir wird klar, dass ich ihr folgen soll. Auf dem Weg an den übrigen glotzenden Schülern vorbei begegne ich zwei selbstgefälligen Gesichtern, die mich provozierend anlächeln. Anna und Christina. Furchtlos.

Ich werde von einer unbändigen Wut erfasst. Am liebsten würde ich sie und mich an den Haaren ziehen, alle ausreißen. Mit Stühlen um mich werfen und laut schreien, während ich die Tapete von den Wänden reiße. Ich hasse sie. Ich hasse sie! Wie konnten sie bloß?

Wie konnte ich bloß?

Ich habe alles verloren. Mein Leben, wie ich es kannte, ist vorbei, und es gibt keinen Weg zurück. Egal, was mich oben in Frau Nielsens Büro erwartet, egal, wie hoch die Strafe ausfällt, sie wird niemals groß genug sein, um mich für das zu bestrafen, was ich getan habe. Und langsam dämmert mir die traurige Wahrheit: Ich bin diejenige, die es verdient, gehasst zu werden. Ich hasse mich selbst.

Was verloren geht, ist für immer verloren

Ich werde direkt zu Frau Nielsens Büro geführt, das sie sich mit drei anderen Lehrern teilt. Ich muss mich mitten im Zimmer auf einen niedrigen Holzstuhl setzen, der von vier Schreibtischen umgeben ist, die mit Papier, Akten und Lexika übersät sind. Es riecht schimmlig und muffig, als würde hier nie gelüftet, und ein Geruch von alten Joghurtbechern und Bananenschalen hängt in der Luft. Nicht dass ich frische Luft oder den Duft eines frisch gewischten Bodens verdient hätte.

Frau Nielsen stürzt wieder aus dem Zimmer und lässt mich allein zurück. Das eklige Gefühl in mir drin schmeckt nach Leder oder Galle. Von außen sehe ich bestimmt wie eine Statue aus, versteinert, eiskalt, reglos. Von außen kann man fast nicht sehen, wie sich mein Brustkorb in winzigen angsterfüllten Atemzügen hebt und senkt. Aber in mir drin herrscht ein chaotischer Gefühlssturm, und mein Kopf ist randvoll mit schlimmen Gedanken.

Ich hoffe, dass meine Strafe so groß ausfällt, dass

sie der Tat angemessen ist, aber ich bezweifle, dass es so eine große Strafe überhaupt gibt. Ich muss vor allem an Lars denken, daran, dass ich mich am liebsten sofort entschuldigen würde, dass ich aber nicht weiß, wie. Soll ich einfach auf ihn zustürzen und Entschuldigung sagen und hoffen, dass er mir verzeiht?

Ich denke an Sari, wie enttäuscht sie sein wird. Schätze ich sie richtig ein, hat sie sich jetzt einen leeren Raum gesucht, in dem sie im Kreis laufen und leise vor sich hin fluchen wird, so wie sie es immer macht, wenn sie wütend oder enttäuscht ist. Der Gedanke, dass ich für ihre Wut und Enttäuschung verantwortlich bin, ist unerträglich, aber der Gedanke, dass ich sie nicht trösten oder beruhigen kann, ist noch schlimmer.

Ich muss auch an Adam denken. Mitten in dem ganzen Chaos kann ich es nicht lassen: Ich frage mich, was er wohl von mir denkt.

Eins weiß ich jedenfalls sicher: dass weder Lars noch Sari oder Adam mich weiterhin in ihrer Klasse haben wollen, vielleicht werde ich ja von der Schule verwiesen? Vielleicht passiert genau das? Aber selbst das fühlt sich als Strafe nicht hart genug an.

Nach etwa zwanzig Minuten stürmt Frau Nielsen wieder in ihr Büro. Nachdem sie mich hier auf einen Stuhl gesetzt hatte, war sie sofort wieder gegangen, bestimmt um Lars zu beruhigen und die Situation in der Sporthalle unter Kontrolle zu bringen. Jetzt steht sie vor mir auf dem staubigen Fußboden und starrt mich intensiv an, als wollte sie verstehen, wie sich in so einem zarten unauffälligen Mädchen ein derart schreckliches Monster verstecken kann. Sie sagt nichts, aber ich kann sehen, wie die Adern in ihrer Schläfe unter der Haut heftig pochen. Sie ist stinkwütend. Ich habe Frau Nielsen schon wütend erlebt, aber das hier ist etwas anderes, das hier ist unbändige Wut.

Sie setzt sich auf einen Stuhl mir gegenüber, sagt aber nach wie vor kein Wort.

»Entschuldigung«, sage ich leise.

Frau Nielsen schüttelt den Kopf, bevor sie schließlich sagt:

»Mir fehlen die Worte, um zu sagen, wie enttäuscht ich bin.«

Zum ersten Mal, seit ich mich auf den Stuhl gesetzt habe, bewege ich mich. Ich beuge den Nacken und sehe zu Boden. Tränen laufen aus mir heraus wie unerschöpfliche Bäche im Frühling.

»Entschuldigung«, sage ich noch einmal, während die Tränen nur so aus mir herausquellen.

»Ich weiß nicht, was ich sagen soll«, gesteht Frau Nielsen und schüttelt den Kopf, sodass die krausen Locken darauf tanzen.

Ihre Stimme ist nicht mehr wütend, sondern tieftraurig. Erschöpft.

»Ich weiß nicht, was ich mit dir machen soll«, fährt sie fort.

»Nein …«, antworte ich, ich weiß es auch nicht.

»Du kannst nicht länger Lars' Patin sein, das ist schon mal klar.«

»Okay …«, antworte ich, und alle schönen Erinnerungen, die ich an Lars habe, die Zauberübungen und die Pastamaschine und sein verschmitztes Lächeln, tauchen vor meinen Augen auf und verschwinden wieder wie ein angenehmer Traum, der sich verflüchtigt, wenn der Wecker klingelt. Für immer verloren.

Ich glaube, Frau Nielsen merkt und sieht mir an, dass es mir wirklich leidtut, was ich getan habe, aber meine Reue reicht ihr nicht, und sie fährt fort:

»Ich kann nicht glauben, dass *du* das getan hast, Amanda. Nachdem ich mein Vertrauen in dich gesetzt und dich so sehr gelobt habe. Ich habe dich ausgewählt, Amanda!«

Sie macht eine Pause und sieht sich resigniert im Zimmer um. Ich glaube, der Vorfall hat Frau

Nielsen kalt erwischt, sie ist so schon selten genug gut vorbereitet, aber für das hier konnte sie unmöglich gewappnet sein.

»Mir ist klar, dass hier noch mehr Personen beteiligt sind«, fährt sie fort, »aber dein Beitrag ist deutlich zu erkennen und besonders niederträchtig. Du hast mich wirklich, wirklich enttäuscht, Amanda.«

Ich kann ihr nicht antworten, ich lasse den Kopf hängen und die Tränen auf den Boden tropfen, wo sie vom Teppichboden verschluckt werden.

»Ich will, dass du mir alles erzählst«, sagt Frau Nielsen.

Ohne zu zögern, komme ich ihrer Bitte nach. Ich erzähle alles exakt so, wie ich es in Erinnerung habe, und beginne mit den ersten Verdächtigungen, die beim Schulausflug aufkamen.

»Aber eigentlich glaube ich, dass das Ganze schon viel länger geht, weil Anna und Christina Lars ständig fotografieren und filmen.«

Ich habe keine Angst davor, Namen zu nennen, weil ich keinerlei Ehrgeiz mehr habe, neutral zu sein. Alles muss raus, ehrlich und bis ins letzte Detail.

Ich erzähle von Kays Smartphone und wie Sari und ich es stibitzt und durchgesehen haben, ich erzähle, wie wir die *retardedmuch*-Seite entdeckt und das Passwort aufgespürt haben. Ich gebe Frau Nielsen sowohl die URL als auch das Passwort. Sie dreht sich rasch um und geht mit schnellen Schritten zu ihrem Schreibtisch, wo sie den Laptop anmacht und sich Annas Blog anschaut. Frau Nielsen ist sichtlich geschockt. Sie flüstert leise »Oh mein Gott«, als ihr das Ausmaß der Mobbingkampagne bewusst wird. Dann dreht sie sich wieder zu mir um, und ich kann sehen, dass sie versucht hat, sich ein paar Tränen von den Wangen zu wischen.

Als ich zu der Stelle in der Geschichte komme, wo ich die Fotos von Lars und mir bearbeite und an Anna schicke, fällt es mir schwer, Worte dafür zu finden. Jemandem laut davon zu erzählen macht mein Verhalten nur noch schäbiger, und ich sehe, wie Frau Nielsens Gesicht sich vor Enttäuschung verzieht.

»Wie konntest du nur …?«, sagt sie leise.

Ihr ist jetzt klar geworden, dass ich nicht von Anfang an bei der Mobbingkampagne mitgemacht habe, sie betont aber, dass mein Verhalten fast genauso schwer wiegt, als wäre ich der Kopf dahinter. Ich gebe ihr recht.

»Ich bereue es«, sage ich, als ich mit Erzählen fertig bin.

»Das verstehe ich«, sagt Frau Nielsen, »und es ist

gut, dass du es zugibst. Trotzdem glaube ich, dass der Weg zurück schwer sein wird.«

Ich darf nach unserer Unterredung direkt nach Hause gehen. Meine Eltern würden informiert werden, sagt sie, sie würde mir aber einen halben Tag geben, es ihnen selbst zu erzählen. Davor graut mir so sehr, dass ich auf dem Heimweg fast zerspringe, gleichzeitig ist mir klar, dass kein Weg daran vorbeiführt. Also setze ich mich, sobald ich zu Hause ankomme, an den Küchentisch und schreibe ihnen einen Brief, in dem ich meine gemeine Tat gestehe.

Als sie nach Hause kommen, zuerst Papa mit Einkaufstüten und einer funkelnagelneuen Pastamaschine und später Mama, die ihre Arbeit in Form von Papier und Zeitungen noch in den Armen hält, bitte ich sie, sich an den Küchentisch zu setzen. Ohne ein Wort zu sagen, schiebe ich ihnen den Brief hin, stehe auf und gehe in mein Zimmer, wo ich mich einschließe und mich aufs Bett lege, mich wie eine Kugel zusammenrolle, während sie in der Küche sitzen und lesen.

Im Brief steht:

Liebe Mama, lieber Papa,
ich habe euch enttäuscht und kann nicht mehr eure Tochter sein.

Ich habe mich selbst enttäuscht. Aber vor allem habe ich Lars enttäuscht, weil ich ihn hintergangen und gemobbt habe. Gestern habe ich herausgefunden, dass Anna und Christina im Internet eine Mobbingkampagne gegen Lars laufen haben, sie posten komische Bilder von ihm und schreiben schlimme Sachen, und eigentlich wollte ich dagegen vorgehen und Lars helfen, habe aber stattdessen mehrere unschöne Fotos von ihm an Anna und Christina weitergegeben. Entschuldigung. Als wir uns heute in der Schule einen Vortrag anhören mussten, hatten Anna und Christina die Fotos, die ich ihnen zur Verfügung gestellt hatte, in Herrn Fjells Powerpointpräsentation eingebaut, sodass sie vor der ganzen Jahrgangsstufe gezeigt wurden. Entschuldigung. Es tut mir so leid, und ich bereue es sehr.
Amanda.

Ich bleibe lange in meinem Zimmer. Papa kommt zweimal an meine Tür, klopft und sagt ganz ruhig »Amanda?«, und Mama versucht es mit einer etwas schrofferen Stimme. Aber ich mache nicht auf. Zum einen, weil mir die Kraft dazu fehlt, vor allem aber auch, weil ich nicht weiß, was ich sagen soll, wenn sie nach dem Warum fragen. Eine Sekunde lang überlege ich, meine Sachen zu packen, weil ich denke, dass meine Eltern mich ganz sicher wegschicken werden, irgendwohin, an einen Ort, wo solche wie ich hingehören. Aber auch dazu fehlt mir die Kraft. Als hätte mein Körper meine gesamten Glieder versteift, und meine einzige Bewegung bestünde in einem schwachen Zittern, das mich wie bei einer Spukgeschichte erfasst und alles um mich herum gruselig erscheinen lässt.

Ich höre Mama und Papa im Flur, wo sie sich miteinander unterhalten und mehrere Telefonate führen: zuerst ein Gespräch mit Frau Nielsen, vermute ich, und etwas später mit Bent. Ich höre leises Murmeln und Bruchstücke von Sätzen wie »es tut uns sehr leid« und »absolut Ihrer Meinung, es muss etwas passieren«. Die Stimmen bilden eine traurige Melodie, die im ganzen Haus erklingt.

Obwohl mir Millionen Gedanken durch den Kopf schießen und mein Körper so von Gefühlen erfüllt ist, dass er zittert, schlafe ich am Ende ein. Mein Schlaf ist unruhig, und ich träume, dass ich gefesselt über den Schulhof laufe und mit faulen Apfelsinen beworfen werde. Dann schrecke ich auf, und als ich endlich wieder einschlafe, träume ich, dass ich von der Schule fliege und vorm Schultor stehe und sehnsüchtig meinen ehemaligen

Freunden zuschaue, wie sie im Schulhof Brennball spielen.

Der nächste Tag ist ein wahrer Albtraum. Weil ich tatsächlich in die Schule gehen muss, weil Mama und Papa mir nicht erlauben, zu Hause zu bleiben. Genau wie in meinem Traum bleibe ich minutenlang auf der gegenüberliegenden Straßenseite vor dem Schultor stehen und schaue auf das Gebäude. Ich frage mich, ob ich noch einen Platz hier habe. Werden sie mich mit faulen Apfelsinen bewerfen, so wie in meinem Traum? Oder werden mich Sari, Kay, Lars und die anderen ignorieren? Als gäbe es mich nicht.

Ich glaube eher nicht, dass ich so leicht davonkomme, und bereite mich auf lautes Buhen und einen frisch aufgestellten Galgen auf dem Schulhof vor. Als ich langsam die Straße überquere und durch das Schultor gehe, gibt es natürlich keinen Galgen, aber ich spüre die Blicke der anderen auf mir, so als würde ich für mein Verbrechen zur Schau gestellt.

Niemand wirft mit Apfelsinen, niemand brüllt mir etwas hinterher, aber das Flüstern und Tuscheln ist fast noch schlimmer. Ich gehe mit raschen Schritten und gebeugtem Kopf über den Schulhof, schlüpfe durch die Tür und laufe den langen

Flur entlang zum Klassenzimmer. Drinnen sind nicht so viele Menschen, und ich schaue erleichtert hoch, um gleich darauf von zwei Pferdeschwanz-und-Perlenohrstecker-Mädchen den Weg versperrt zu bekommen.

»Hi, Partner«, sagt Anna selbstsicher.

»Hi«, antworte ich apathisch, habe keine Lust auf die beiden.

In dem Moment merke ich, dass ich in all dem Schlamassel einen winzigen Sieg errungen habe: Zum ersten Mal in meinem Leben ist es mir tatsächlich egal, was Anna und Christina denken oder tun.

»Was wollt ihr?«, frage ich tonlos.

»Nur reden«, antwortet Christina und zuckt kurz mit den Schultern.

Ohne eine Antwort zu geben, laufe ich weiter.

»Chill mal«, kommt es gereizt von Anna, »ich meine es ernst, wir wollen nur reden.«

Aus alter Gewohnheit bleibe ich stehen, als wäre ich ihnen etwas schuldig, schwanke ein wenig. Wir sind immer noch die Einzigen auf dem Korridor.

»Eigentlich«, fängt Anna wieder an, »wollen wir uns nur dafür bedanken, dass du uns verraten hast, du Petze.«

Christina schnaubt durch die Nase wie ein Pferd, das vor Freude wiehert, wenn man ihm eine magere Karotte hinhält. Ich schüttle den Kopf und genieße gleichzeitig das Gefühl, keine Angst mehr vor ihnen zu haben.

»Es war ja ganz offensichtlich«, sage ich.

»Nein«, kontert Anna, »du hättest wenigstens den Blog am Leben lassen können. Wir hatten eigentlich gedacht, du wärst jetzt eine von uns.«

Eine von ihnen zu sein war lange Zeit ein Traum von mir gewesen. Oder ein Gedanke, mit dem ich hin und wieder gespielt habe, wenn ich nicht mit Sari zusammen war oder wenn ich erfuhr, dass Anna und Christina am Wochenende im Shoppingcenter oder im Spaßbad gewesen waren und dort Jungs getroffen hatten, die auf andere Schulen gingen. Aber jetzt kommt mir dieser Traum unendlich weit weg vor, und ich schnaube ebenfalls.

»Aber egal«, fährt Anna fort, »Kollektivstrafen oder körperliche Züchtigung sind ja nicht erlaubt, darum konnte Frau Nielsen im Grunde nichts machen, sie hat uns nur aufgebrummt, dass wir bei der Weihnachtsrevue als Bühnenarbeiterinnen ranmüssen, anstatt als Einhörner aufzutreten, und außerdem müssen wir zu einer Sozialpädagogin, wo wir in einer Gruppe zusammensitzen und über Mobbing sprechen, aber was soll's. Bestrafen sollen uns unsere Eltern, was klasse ist, meine sind nämlich auf den Malediven, und nur unser philippinisches Au-pair-Mädchen Xandra ist da, und die hat nur Bahnhof verstanden, aber gelacht, als ich Lars ist zum Brüllen gesagt habe, *Larsistzumbruellen.*«

»Zum Brüllen«, knurrt Christina, die eine Spur blasser ist als gestern.

»Haha, ja«, sagt Anna anerkennend, bevor sie weiterredet, als wäre ich ihre beste Freundin, »und Christina hat Hausarrest bekommen, aber das war es wert. Es war die ganze Chose wert. Dich zu outen war besser als der ganze *retardedmuch*-Blog.«

Ich überlege, ob ich das Foto erwähnen soll, das ich von Anna zu Hause habe, wo sie nackt auf dem rosa Nachttopf sitzt, obwohl sie dafür eigentlich schon zu alt ist, aber ich denke, genug ist genug. Wenn ich jetzt nicht aufhöre, geht die Spirale weiter, und ich will sie unterbrechen. Ich will nicht weitermachen, will niemanden mehr verletzen.

»Was hat sie eigentlich mit dir gemacht?«, fragt Christina mit echter Neugier.

»Ich habe Lars verloren«, antworte ich kurz.

»Haha!«, Anna lacht schallend. »Das ist ja nun echt keine Strafe. Du wurdest begnadigt! Wir haben dir also einen Riesengefallen getan!«

Ich merke, wie mir die Tränen kommen, drehe mich um und gehe weg, so schnell, dass sie mich nicht noch einmal stoppen können. Ich schlüpfe durch die Tür ins Klassenzimmer und werde von gefühlt tausend aufgerissenen Augen empfangen, die mich alle anstarren. Gleich laufen die Tränen in meinen Augen über und meine Wangen hinunter, und ich gehe schnell an den Pultreihen vorbei bis zu derjenigen, die immer mein sicherer Hafen war: Sari.

Aber dieses Mal sitzt sie steif da und starrt vor sich hin, als ich neben ihr auf meinen Platz plumpse. Ich traue mich nicht, sie anzuschauen, als eine stille Träne aus meinen Augenwinkeln läuft und vor mir auf das Pult tropft.

»Entschuldigung …«, flüstere ich ihr zu, aber sie ignoriert mich.

Ich stelle fest, dass Lars nicht an seinem Platz sitzt, was mein schlechtes Gewissen nur noch verstärkt. Er kommt nicht zur ersten Stunde, er kommt den ganzen Tag nicht. Ich weiß, dass es meine Schuld ist, dass mein Patenkind heute zu Hause bleibt und keinen netten normalen Schultag haben kann, gleichzeitig denke ich, dass es auch sein Gutes hat, weil alle nur über eins sprechen: die Mobbingkampagne und ihren Inhalt, das heißt die grässlichen Fotos von Lars.

Der restliche Tag verläuft in etwa so: Ich versuche, die Tränen zurückzuhalten, Sari ignoriert mich, um mich herum wird überall getuschelt, Frau Nielsen kann mir nicht in die Augen schauen, und Anna und Christina kreischen wie die Hyänen, sobald ich im Flur an ihnen vorbeigehe. Als die letzte Stunde anbricht, bin ich fix und fertig, habe mich aber fast schon an die neue Situation gewöhnt. In dem Moment passiert das Unerwartete: Sari schiebt schweigend einen Zettel zu mir herüber.

Ich riskiere einen Blick auf sie, aber ihr Gesicht ist eine einzige Maske. Ich nehme den Zettel hoch, drehe ihn hin und her, bevor ich ihn auffalte und ein kleines Gedicht vorfinde:

Familie ist Blut.
Freunde sind die Familie, die man selber wählt.
Aber man kann sie nur einmal wählen, dann nicht mehr.
Wenn die Blume verwelkt, ist sie tot,
auch wenn der Frühling wiederkehrt.
Was verloren geht, ist für immer verloren.

Alles, was ich den ganzen Tag unterdrückt habe, dringt in einem einzigen lauten Schluchzer nach draußen, dem kleinere, unkontrollierte Schluchzer folgen. Die Tränen schießen nur so aus meinen Augen, und ich merke, wie sich der Rotz von meiner Nase zum Mund bewegt. Sari schiebt mir schockiert ein Papiertaschentuch herüber, während Frau Nielsen sich einen Weg durch die Klasse bahnt.

»Aber, Amanda«, sagt sie und legt mir eine Hand auf die Schulter.

Ich schluchze weiter, kann nicht aufhören, und ich merke, wie Saris warme Finger meine andere Schulter finden. Warum macht sie das? Warum will sie mich trösten? Jetzt? Direkt nachdem sie mir einen Abschiedsbrief geschrieben hat, *was verloren geht, ist für immer verloren.* Direkt nachdem sie mir gesagt hat, dass sie nicht mehr meine Freundin sein will, meine Familie. Irgendwo tief in mir drin hatte ich gehofft und vielleicht auch geglaubt, dass Sari mir verzeihen wird. Dass sie, die Klügste, die ich kenne, es schaffen wird, alle Seiten des Falls zu sehen, sodass sie irgendwie auch mich sieht und mir heraushilft. Wie immer.

Ich habe es hingenommen, dass Sari mich ignoriert, weil ich dachte, es sei nötig. Ich konnte nachvollziehen, dass sie mir nicht sofort verzeihen und wieder meine engste Freundin sein kann, aber ich hatte nicht damit gerechnet, dass sie mir tatsächlich auf diese Weise die Freundschaft kündigen würde. Mich im Stich lassen würde.

Wie ein Tsunami schwappt das Gefühl von Einsamkeit über mich rüber und ertränkt mich in einer bodenlosen Trauer, die sich von der Magengrube aus in meinem ganzen Körper ausbreitet. Es kribbelt vor Einsamkeit bis in die Spitze meines kleinen Fingers, und erst jetzt merke ich, wie allein ich tatsächlich bin. Ohne Freunde.

Abrupt stehe ich auf und nehme meinen Rucksack. Frau Nielsen stottert etwas von wegen, dass ich warten muss, bis es klingelt, hält aber mitten im Satz inne und lässt mich gehen.

Ich muss nach Hause, bringe es jedoch nicht über mich, den normalen Weg zu gehen. Ich ertrage den Gedanken an Papas halb mitleidigen, halb besorgten Blick nicht, wenn er mich in der Tür empfängt. Ich ertrage den Gedanken an Mamas Enttäuschung nicht, die sie verbirgt, indem sie sich in die Zeitung vertieft und tut, als wenn nichts wäre. Ich ertrage nicht noch mehr und laufe durch den nun einsetzenden Regen. Kräftige Windböen aus Westen dringen durch meine Jacke, gehen unter die Haut, durch mich hindurch. Als würde mein ganzer Körper zu Eis gefrieren und alle Glieder schmerzen, aber es tut nicht annähernd so weh, wie wenn man die beste Freundin verliert.

Entschuldigung

Die folgenden Tage sind lang und einsam. Ich gehe allein zur Schule und allein nach Hause. Ich folge den anderen wie ein unsichtbarer Schatten, den keiner hört oder sieht, und in der großen Pause lassen mich die anderen allein in der Ecke stehen. Ich fühle mich wie eine giftige Schlange, der niemand zu nahe kommen will, für den Fall, dass ich nach ihnen schnappen sollte.

Die Stimmung in der Klasse ist völlig anders als früher: Es wird weniger geschwätzt, weniger gelacht, alle sind weniger lebhaft. Frau Nielsen hat einen Handykorb besorgt, der an der Tür steht und in den alle vor der ersten Stunde ihre Handys legen müssen, keiner kriegt sein Handy vor Ablauf der letzten Stunde zurück. Alle Smartphones werden mit Namen beschriftet, und jeden Tag zählt Frau Nielsen als Erstes die Handys, und wenn eins fehlt, muss der Betreffende seine Taschen von innen nach außen kehren, um zu beweisen, dass er es nirgendwo versteckt hat. Selbst Anna und Christina beugen sich der Anordnung.

Eine weitere Folge der Schmähaktion in der Sporthalle ist, dass Frau Nielsen uns im Klassenzimmer umgesetzt hat. Ich wurde von Sari weggesetzt, was nach ihrem brutalen Brief fast eine Erleichterung war. Sari wurde zu Kay gesetzt, was ich ungerecht fand und eine merkwürdige Entscheidung von Frau Nielsen, aber mir steht es nicht zu, das zu kritisieren. Anna und Christina wurden ebenfalls getrennt und weit auseinandergesetzt. Die Einzigen, die nach wie vor zusammensitzen, sind Lars und Adam. Ich sitze in der zweiten Reihe, so weit weg wie möglich von Adam und Lars, neben Karsten, der nur mit mir spricht, wenn er sich meinen Radiergummi leihen will.

Ich musste ebenfalls zu der Sozialpädagogin gehen: zweimal allein und dreimal mit Anna und Christina und ein paar von den anderen zusammen, die sich aktiv an der Mobbingseite beteiligt hatten, einschließlich Kay. Ich sage in den Gruppenstunden nicht sehr viel, außer wenn Frau Maihaugen, die Sozialpädagogin, mich dazu zwingt. Dann sage ich, dass ich es bereue und mir wünsche, ich hätte es nie getan, und sie nickt anerkennend, während Anna und Christina durch die Nase schnauben oder anfangen zu kichern. Frau Maihaugen ist eine schlanke Frau mit sehr kurzen grauen Haaren bis knapp über die Ohren.

Wenn Anna und Christina lachen, tut sie so, als würde sie es nicht hören, was sie *aktives Ignorieren* nennt. Sie will die beiden nicht durch Aufmerksamkeit positiv bestärken, aber ich finde das falsch, weil ich weiß, wie sehr sie es verdient hätten, ausgeschimpft zu werden.

In den Einzelstunden ist es einfacher, sich mit Frau Maihaugen zu unterhalten, und sie kann gut zuhören und verurteilt mich nicht so streng. Manchmal sagt sie Dinge wie »Gruppendruck ist real« und dass sie »meine Position« versteht. Manchmal ergibt es Sinn, was sie sagt, aber oft geht es zum einen Ohr rein und zum anderen wieder raus, weil ich an ganz andere Dinge denke, zum Beispiel, was Sari jetzt wohl gerade macht oder mit wem Lars zusammen ist und ob einer von ihnen jemals an mich denkt oder ob sie vergessen haben, dass es mich gibt.

Einmal sagt Frau Maihaugen: »Es ist leichter, sich selbst zu hassen als andere«, und ich glaube, in dem Satz steckt viel Wahres. Ich hasse mich jedenfalls mehr als Anna und Christina, auch wenn es unlogisch erscheint. Dann hilft es, mit Frau Maihaugen zu reden, denn sie sagt auch, der erste Schritt zur Vergebung ist, sich selbst zu vergeben. Darum bemühe ich mich nach Kräften, aber es ist ganz schön schwer.

Außer in den Stunden mit Frau Maihaugen reden nicht viele mit mir, nur die Lehrer und ein paar aus meiner Klasse, wenn sie müssen, weil wir eine Gruppenarbeit machen. Schwer zu sagen, ob es Lars besser geht als mir. Auch wenn die anderen mit ihm reden, vielleicht sogar mehr als früher, tun sie es nur, weil er ihnen leidtut oder sie ein schlechtes Gewissen haben. Trotzdem hat niemand die Fotos vergessen. Anna hat den Passwortschutz des Blogs aufgehoben, und obwohl viele es leugnen, glaube ich, dass die meisten auf *retardedmuch* waren. Einige haben auch Fotos gespeichert, bevor Frau Nielsen die Seite dichtgemacht hat, sie sind also noch eine Weile nachdem alles eskaliert ist, zirkuliert. Die arme Frau Nielsen hat noch einen weiteren Wutanfall bekommen, als sie festgestellt hat, dass jemand mehrere Fotos ausgedruckt und in den Umkleiden aufgehängt hat. Sie hat es zurzeit nicht leicht.

Sari hat seit dem Abschiedsgedicht kein Wort mehr zu mir gesagt und ich auch nicht zu ihr. In den ersten Tagen hat es furchtbar wehgetan, weil ich sie so vermisst habe, obwohl sie so nahe war, in der Umkleide oder wenn ich sie plötzlich ein paar Meter vor mir auf dem Schulweg sah, aber ich beschloss ziemlich bald, ihren Wunsch, nicht mehr mit mir befreundet zu sein, zu respektieren.

Kay hat mich ein paarmal stumm angelächelt, aber noch nicht wieder mit mir gesprochen. Nicht einmal in den Stunden bei der Sozialpädagogin, obwohl er auch Dinge getan hat, die nicht in Ordnung waren, und fast genauso schuldig ist wie ich. Ich weiß, dass er ebenfalls mit Frau Nielsen sprechen musste und mit seinen Eltern, die sehr streng sind. Ich glaube, er hat seine Strafe erhalten, die trotzdem nicht so hart ausfällt wie meine, weil Kay immer noch Freunde hat.

Adam habe ich komplett aufgegeben. Ich bin ein Meister darin geworden, ihn zu meiden, und sorge immer dafür, in der Kantinenschlange ganz hinten zu stehen, wenn er ganz vorne steht, oder ich warte nach der großen Pause und gehe erst ins Gebäude, wenn ich gesehen habe, dass er schon reingegangen ist, damit ich ihm nicht im Flur begegne.

Und dann ist da noch Lars. Ich kann ihn nicht anschauen, ohne dass mir die Tränen in die Augen steigen. Ich hasse mich für das, was ich ihm angetan habe, gleichzeitig weiß ich nicht, wie ich es wiedergutmachen soll. Ich habe mich tausendmal entschuldigt. Aber er sieht mich nur schweigend an und geht dann weg. Ich habe ihm Briefe geschickt, aber wenn ich am nächsten Tag in die Schule komme, liegen sie ungeöffnet auf meinem Pult.

Es ist auch meine Schuld, dass er immer weniger Zeit in der Klasse verbringt und immer mehr mit seiner Sonderpädagogin, die er, wie ich weiß, nicht besonders gern mag. In der großen Pause steht er nicht länger an der Seitenlinie und feuert die anderen beim Fußballspielen an oder klatscht sie ab. Stattdessen sehe ich, wie er allein in der Ecke steht und Zauberformeln vor sich hin murmelt. Wenn jemand aus der Klasse zu ihm geht, um Hallo zu sagen oder zu fragen, was er macht, antwortet er entweder ganz kurz oder sagt gar nichts. Und jedes Mal wenn ich das sehe, weiß ich, dass es meine Schuld ist, und ich kann mir nicht vergeben, auch wenn Frau Maihaugen meint, dies sei der erste Schritt.

Eines Tages beschließe ich nach der Schule, Lars zu Hause zu besuchen. Das wirkt etwas verzweifelt, aber auch nötig, weil nichts von dem, was ich probiert habe, funktioniert hat. Die Idee ist: Wenn ich wieder in seiner Küche sitze mit den Malsachen auf dem Tisch, wird Lars sich vielleicht an all die schönen Momente erinnern und mir doch noch verzeihen.

Nachdem ich das Tor durchquert habe und die schmale Treppe zur Haustür hinaufgegangen bin, macht Bent die Tür auf. Er steht da und lächelt mich an und sieht überhaupt nicht wütend aus, was mich fast ein wenig erschreckt.

»Ist Lars da?«, frage ich und schaffe es fast nicht, den Blickkontakt zu halten.

»Nein«, antwortet Bent, »er ist noch nicht nach Hause gekommen.«

Ich tripple etwas auf der Stelle, bevor ich mich erkläre:

»Ich wollte nur Entschuldigung sagen.«

»Ja, das verstehe ich«, antwortet Bent verständnisvoll.

Es wird wieder still, und ich will mich gerade umdrehen und gehen, als Bent sich räuspert:

»Hm. Aber du kannst gern reinkommen und einen Latte trinken und auf Lars warten.«

»Gern«, sage ich, ohne auch nur eine Sekunde lang nachzudenken. Schon der Gedanke an Bents Küche wärmt mir das Herz.

Bent lächelt und geht zur Seite, um mich in den chaotischen Gang zu lassen. Ich schleudere die Schuhe von mir, wie ich es mir mit der Zeit in diesem Haus angewöhnt habe, aber dann beeile ich mich, sie aufzusammeln und fein säuberlich in die Ecke zu stellen. Ich hänge meine Jacke an einen Haken, der schon mit Bents Mänteln vollhängt, und stelle meinen Rucksack auf eine Kiste, die etwas deplatziert mitten in der Diele steht.

Bent ist schon vorgegangen, und als ich durch den Gang laufe, nehme ich mir die Zeit, alles in mich aufzusaugen. Die Wände voller Buchrücken, Papier und alter Fotos, und der Spiegel mit den vielen Sprüngen, der mein Gesicht verzerrt und mich immer zum Lachen bringt. Nur heute nicht. Der Geruch nach alten Büchern und Staub ruft ein Gefühl von Sehnsucht in mir hervor, das mich auch traurig stimmt, weil ich merke, dass ich das alles für immer verloren habe. Erst jetzt geht mir auf, wie viel Lars und sein Zuhause mir bedeutet haben: Hier war ich frei.

Als ich in die Küche komme, lehnt Bent über der Kaffeemaschine.

»Caffè latte?«, fragt er fröhlich und dreht sich zu mir um.

Ich nicke und setze mich an den Küchentisch, der vollliegt mit Zeitungen und Filzstiften und Blättern mit halb fertigen Zauberformeln. Bent kommt mit zwei großen Bechern an den Tisch und setzt sich mir gegenüber.

»Wie geht es dir, Amanda?«, fragt er freundlich.

»Entschuldigung«, flüstere ich, das will ich zu Bent schon lange sagen: *Entschuldigung, dass ich Lars gemobbt habe, Entschuldigung, dass ich alles kaputt gemacht habe.*

»Danke«, antwortet Bent, »es hilft, das zu hören. Ich war völlig überrascht, als Frau Nielsen anrief, ich konnte es fast nicht glauben.«

»Nein …«, antworte ich und kämpfe mit den Tränen.

»Lars war am Boden zerstört«, fährt Bent fort, »er war wirklich traurig. Er ist jemand, der Menschen nicht so schnell vertraut, wenn er es dann tut, sind die Anforderungen hoch.«

Ich nicke.

»Aber ich glaube, dass er dich auch vermisst«, meint Bent.

Ich sehe zu ihm auf. Er hält den Kaffeebecher in der Hand und sieht mich an, und ich will gerade etwas sagen, da geht die Haustür auf und fällt wieder ins Schloss. Bent bleibt ruhig sitzen und wartet, bis Lars in die Küche kommt, was er immer tut, wenn er nach Hause kommt. Ich merke, wie die Unruhe in mir wächst, zeige es aber nicht, und als Lars ins Zimmer kommt, starre ich ihn ziemlich steif an.

Lars sieht mich und bleibt sofort stehen. Er wirft Bent einen wütenden Blick zu, bevor er sagt:

»Amanda ist nicht willkommen.«

Es fühlt sich an, als würde mir ein Messer ins Herz gerammt, und ich muss mich wirklich sehr konzentrieren, um die Tränen zurückzuhalten.

Bent reagiert nicht sofort, er bleibt sitzen und betrachtet Lars, bevor er mit ruhiger Stimme sagt:

»Amanda ist gekommen, um sich zu entschuldigen.«

Lars starrt seinen Vater mit zusammengekniffenen Augen an, und es sieht überhaupt nicht danach aus, als hätte er vor, die Entschuldigung zu akzeptieren. Plötzlich dreht er sich um und geht. Ich höre, wie er durch den Flur läuft und die Treppe zu seinem Zimmer hinaufsteigt. Und jetzt kommen die Tränen, gefolgt von großen Schluchzern. Bent legt mir eine kräftige Hand auf die Schulter.

»Es ist eine Sache, Entschuldigung zu *sagen*, Amanda«, sagt er mitleidig, »eine andere ist es, jemandem zu zeigen, wie sehr es einem wirklich leidtut.«

Er lässt mich mehrmals schniefen, bevor er fortfährt:

»Du weißt ja, dass Lars kein Mann vieler Worte ist, sondern großer Handlungen. Vielleicht musst du versuchen, seine Sprache zu sprechen, damit er dich besser versteht.«

Ich glaube, ich verstehe, was Bent sagen will, und doch wieder nicht. Es spielt ja wohl keine Rolle, welche Sprache ich spreche, wenn Lars meine Entschuldigung gar nicht hören will. Dann ist ja alles sinnlos.

Schließlich schaffe ich es, zwischen Schluchzern und Rotz ein »Danke« herauszupressen.

»Ich glaube, es wird wieder«, antwortet Bent optimistisch, aber ich bin mir nicht ganz so sicher.

Ich stehe auf, und Bent begleitet mich zur Diele, wo ich meine Sachen zusammensuche. Der Gedanke, dass es höchstwahrscheinlich das letzte Mal ist, dass ich dieses Haus betreten, und das allerletzte Mal, dass ich in Bents blauer Küche einen Caffè latte serviert bekommen habe, macht mich traurig.

»Papa hat eine Pastamaschine gekauft«, sage ich plötzlich in einem verzweifelten Versuch, alles wieder wie früher erscheinen zu lassen.

»Das ist ja toll!«, sagt Bent. »Du bist ja jetzt ein Profi, dann kannst du ihm alles beibringen, und sag Bescheid, wenn du Fragen hast!«

Ich danke Bent für dieses Angebot und weiß zugleich, dass ich es niemals annehmen werde. Wenn ich jetzt den Flur verlasse und Bent die Tür hinter mir schließt, bleibt mir dieses Haus für immer verschlossen, und Lars wird nur noch eine Erinnerung an einen lustigen Traum sein, den ich vor langer Zeit einmal hatte.

Wer hat den Ball geschossen?

Die Wochen vergehen, und plötzlich ist November, ohne dass sich die Situation nennenswert gebessert hat. Ich gehe immer noch allein zur Schule und allein nach Hause und verbringe die Nachmittage mit Mama und Papa. In manchen Momenten bin ich so verzweifelt, dass ich mir ein Harry-Potter-Buch schnappe und versuche, darin zu lesen, aber es ist ziemlich schwer, denn wenn ich an eine Stelle komme, die mich eigentlich zum Lachen bringen sollte, macht sie mich stattdessen traurig, weil sie mich an Lars erinnert und an all das Schöne, was ich verloren habe.

Gerade ist große Pause, und ich stehe ohne Freunde in einer Ecke vom Schulhof und sehe den anderen zu, wie sie Fußball spielen oder etwas mit ihren Patenkindern machen. Am Klettergerüst sehe ich, wie Sari Terje nach oben hilft, und direkt daneben bauen Kay und Martinus einen Damm in den Sand, damit sich das Regenwasser in der Mulde sammeln kann. Plötzlich tappt Martinus mit seinem Stiefel hinein, und Kay lacht, bis er merkt, dass Martinus fast heult, daraufhin geht er mit ihm zur Eingangstür, vermutlich, um ihm beim Anziehen frischer Socken zu helfen. Sogar Anna und Christina spielen mit ihren Patenkindern und haben zwischen den ganzen Pfützen auf dem Schulhof eine Art Hindernislauf initiiert.

Ich kann Lars nirgendwo sehen und überlege, wie es wäre, wenn ich immer noch seine Patin wäre. Ich frage mich, ob ich noch genauso viel Angst davor hätte, vor den Blicken der anderen mit ihm zu spielen, oder ob ich gelernt hätte, es ganz locker zu sehen und genauso viel Blödsinn mit ihm zu machen wie bei ihm und Bent daheim. Höchstwahrscheinlich hätte ich noch dasselbe feige alte Ich, das sich nicht traut.

Frau Nielsen macht sich Sorgen, weil ich so viel allein bin, und kommt in den Pausen zu mir.

»Willst du nicht mit Fußball spielen?«, fragt sie laut.

»Ähm. Weiß nicht«, antworte ich, »ich schaue gern zu.«

»Ah so«, fährt sie fort, »übrigens, Amanda, ich wollte dich fragen, ob du nicht Lust hättest, in unserem Weihnachtskomitee mitzuwirken? Es besteht aus wenigen Schülern, die sich bis zur Weihnachtsfeier jeden Mittwoch nach der Schule treffen, um die Revue zu planen.«

Ich weiß nicht recht, was ich darauf antworten soll, weil ich weiß, was Frau Nielsen vorhat. Sie versucht, mir Freunde zu vermitteln, aber sie erreicht nur, dass sich diejenigen, die nichts mit mir zu tun haben wollen, unter Druck gesetzt fühlen. Trotzdem ist es schön, dass sich jemand um mich sorgt, nach all den Wochen im emotionalen Exil.

»Kay ist auch dabei«, sagt sie.

Ich verlagere mein Gewicht auf das andere Bein und denke, dass es eigentlich verlockend klingt.

»Weißt du was?«, sagt Frau Nielsen. »Du kannst ein paar Tage darüber nachdenken und dann entscheiden, ob du am Mittwoch dazukommen willst oder nicht. Wir treffen uns im Klassenzimmer.«

Sie geht weg, um mich mit meinen Gedanken allein zu lassen. Ich frage mich, ob Kay es blöd findet, wenn ich mich in dem Komitee engagiere. Bei der Sozialpädagogin hat er sich mir gegenüber gleichgültig gezeigt. Ein paarmal hatte es den Anschein, als wollte er etwas zu mir sagen, aber beide Male hat er einen Rückzieher gemacht, und ich werde wohl nie erfahren, ob das, was er sagen wollte, nett oder gemein war.

Ich schaue gedankenverloren über den Schulhof und entdecke Adam, der auf dem Fußballplatz hin und her rennt und sich richtig in das Spiel hineinsteigert. Er rempelt einen der anderen Jungen an, als der ihm den Ball abluchsen will, und der Junge fällt hin, aber Adam treibt den Ball weiter über das Spielfeld, ohne sich davon beirren zu lassen. Auf dem Weg zum Tor lässt er ein paar Gegenspieler aussteigen und verzieht schließlich um einen guten Meter.

Ich kann es von hier nicht hören, aber es sieht so aus, als würde er fluchen. Eigentlich ist es lange her, dass ich Adam zuletzt zugesehen habe, ihn so intensiv beobachte. Nach allem, was passiert ist, war der Gedanke an Adam in der Schlange von Gefühlen und Überlegungen ganz ans Ende verbannt worden. Trotzdem muss ich zugeben, dass mein Herz jetzt etwas schneller schlägt, etwas heftiger, wie ich allein hier stehe und ihm zusehe.

Adam rennt auf dem Fußballplatz hin und her, seine Stirn glänzt vor Schweiß, und seine Haare hängen ihm nass ins Gesicht und in den Nacken. Es nieselt aus einem grauen Himmel, und es ist kalt, aber Adam trägt nur ein T-Shirt, obwohl die meisten anderen ihre Jacken zugeknöpft haben.

Während ich Adam zuschaue, entdecke ich plötzlich Lars, der allein an der Seitenlinie steht. Meine Lippen verziehen sich zu einem Lächeln. Er steht wie gewohnt da und zaubert vor sich hin, und ich ertappe mich dabei, wie ich mich frage, welche Formel er wohl gerade ausbrütet. Plötzlich scheint ihm etwas Wichtiges eingefallen zu sein, er ändert den Kurs und steuert entschlossen auf den Fußballplatz zu.

»Aus der Bahn!!!«, höre ich jemanden genervt brüllen.

»Verschwinde von hier!«, pflichtet ein anderer ihm bei, aber Lars läuft weiter.

Ich habe ein Déjà-vu wie in der Sportstunde, als Lars mit der Turnerfahne ausgeflippt ist, und obwohl es sich anfühlt, als hätte sich der Tag in einem anderen Leben ereignet, sehe ich in Lars denselben Eifer wie damals, denselben tranceartigen Zustand, in dem die Welt um ihn herum nicht mehr zu existieren scheint.

Ich sollte etwas unternehmen, denke ich. Ich sollte ihn vor einer Dummheit bewahren.

Aber ich rühre mich nicht von der Stelle, und dieses Mal geschieht es nicht aus Angst vor dem, was die anderen über mich denken werden, sondern aus Angst vor Lars' Reaktion. Er hat deutlich gezeigt, dass er nichts mehr mit mir zu tun haben will, und vielleicht muss er auch gar nicht beschützt werden? Vielleicht geht es ihm auf dem Fußballplatz ganz wunderbar?

Gleichzeitig gehen die Schreie weiter und werden zunehmend aggressiver.

»Verpiss dich!«

»Zieh Leine! Du störst!«

Der letzte Satz kommt von Adam, und in mir drin zieht sich alles zusammen. Was soll ich tun? Ich will Lars nicht aus einer peinlichen Situation retten, damit bin ich durch, trotzdem will ich ihn vor den Schreien der anderen bewahren.

Lars dreht sich um sich selbst und betrachtet verwirrt die anderen Schüler, die um ihn herumrennen. Erst jetzt scheint ihm zu dämmern, wo er sich befindet und dass die anderen *ihn* meinen. Er scheint zu begreifen, dass er etwas falsch macht, aber jetzt ist er darin gefangen.

Langsam gehe ich auf ihn zu. Ich beschließe, schnell zu handeln, eine Rein-raus-Aktion, der Plan ist, Lars wortlos unterzuhaken und ihn auf dem kürzesten Weg vom Platz zu holen.

Aber die Schreie hören nicht auf, sie werden nur noch intensiver:

»Waaaas? Nicht auch noch du!«

Meinen sie mich? Sehen sie nicht, dass ich versuche, die Situation zu retten?

Ich nähere mich Lars, der hilflos mitten auf dem Platz stehen geblieben ist, aber als er mich sieht, verzieht sich sein freundliches Gesicht zu einer schrecklichen Grimasse.

»NEIN!«, sagt er laut und entschlossen, und seine Augen werden zu Schlitzen.

Ich bleibe eine Sekunde stehen, aber jetzt stehe ich ebenfalls mitten auf dem Platz und störe das Spiel, ich habe also keine andere Wahl, als mich durchzuboxen. Lars wankt ein bisschen rückwärts, kommt aber nicht weit, weil ihm ein lautes RUMS dazwischenkommt.

Es hat mich getroffen, und ich liege der Länge nach auf dem Boden. Mit einem harten Schuss hat jemand den Fußball durch die Luft geschickt, und er hat mich mitten im Gesicht erwischt, jetzt liege ich platt wie eine Flunder auf dem harten Asphalt und starre auf eine dunkle Wolkendecke.

Keiner hilft mir auf, keiner fragt mich, wie es mir geht. Bis Frau Nielsen höchstpersönlich über mir steht und eine Hand ausstreckt, um mir hochzuhelfen.

Ich sehe mich um und stelle fest, dass alle innegehalten haben, als mich der Ball im Gesicht getroffen hat. Lars steht immer noch drei Meter vor mir, ein paar Meter hinter ihm steht Adam, und die restlichen Spieler stehen über den Platz verteilt wie Figuren in einem Skulpturenpark.

»Alles in Ordnung? Ist dir schwindlig?«, fragt Frau Nielsen beunruhigt.

»Nein«, antworte ich mit stoischer Ruhe.

Ich bin noch nicht so weit, mich bemitleiden zu lassen.

»Wer hat den Ball geschossen?«, ruft Frau Nielsen, aber niemand meldet sich.

»Ich wiederhole! WER HAT DEN BALL GESCHOSSEN?«

Eine einzige Person bewegt sich und macht einen kleinen Schritt nach vorne. Adam.

»Das war ich«, sagt er leise.

Auch wenn mir Adam schon lange egal ist, verletzt es mich trotzdem. Mein Kopf schmerzt, und ich spüre eine empfindliche Beule, die sich am Hinterkopf bildet.

»Dann solltest du jetzt mal mitkommen«, sagt Frau Nielsen beherrscht.

»NEIN!«, hallt es zum zweiten Mal über den Fußballplatz.

Dieses Mal hat Lars gerufen, und jetzt fordert er unsere Aufmerksamkeit:

»Es war keine Absicht«, fährt er fort.

Frau Nielsen bleibt stehen und sieht Lars unsicher an. Seit wir ihn kennen, hat er noch nie so laut gerufen, aber jetzt steht er da und fordert sein Recht. Oder vielmehr Adams Recht.

»Egal, ob es Absicht war oder nicht«, beginnt Frau Nielsen, »muss ich trotzdem mal mit Adam reden. Ich kann nicht zulassen, dass ihr so unbeherrscht mit dem Ball umgeht.«

Adam kommt auf uns zu, wird aber von Lars

aufgehalten, der die Arme ausstreckt, um ihn daran zu hindern, dass er zu Frau Nielsen geht.

»Keine Absicht!«, wiederholt Lars und sieht Frau Nielsen entschlossen an.

»Lars, ich kann da keinen Unterschied machen, auf unserer Schule sind alle gleich«, erklärt Frau Nielsen geduldig.

»Nein, alle sind verschieden«, antwortet Lars, bevor er ergänzt: »Ich bin besonders.«

»Nein, also Lars«, sagt Frau Nielsen erschrocken, »wer sagt denn so was? Du bist doch wie alle anderen!«

»Nein«, kontert Lars, »ich bin besonders. Und Adam ist besonders.«

Ich kann sehen, wie Adam grinst und Frau Nielsen mit ihrem Latein am Ende ist.

»Okay …«, fragt sie behutsam, »bin ich auch besonders?«

»Nein, du bist langweilig«, ergeht Lars' Urteil, bevor er sich umdreht und den Platz verlässt.

»Ah so!«, stammelt Frau Nielsen glucksend, um ihre wahren Gefühle zu verbergen. »Dann haben wir die Situation ja jetzt geklärt. Und du sollst mit einer Verwarnung davonkommen, Adam. Amanda, alles okay mit dir?«

Ich nicke, und sie geht mit raschen Schritten hinter Lars her. Ich stehe immer noch mitten auf dem Platz und will mich gerade unauffällig verziehen, als das denkbar Schlimmste passiert. Adam kommt auf mich zu und sagt ganz normal »Hallo«.

Ich reagiere nicht.

»Wie geht's?«, fragt er.

Die Skepsis in mir wächst.

»Gut«, höre ich mich sagen.

»Gut?«, wiederholt Adam, gefolgt von einem etwas schiefen Grinsen.

»Nein«, gebe ich zu, aber ich habe keine Lust, noch mehr zu sagen.

»Ich wollte mich nur entschuldigen«, kommt es von Adam.

»Okay?«, sage ich.

»Dass ich dich getroffen habe …«, fährt er fort, »ich wollte gar nicht so fest schießen.«

»Ach so.«

»Und außerdem wollte ich noch sagen …«, redet er weiter, »dass ich es blöd fand, was passiert ist, als Herr Fjell seinen Vortrag gehalten hat. Das mit den Fotos.«

Adam nutzt also die Gelegenheit, um mich für meinen Beitrag zur Mobbingkampagne blöd anzumachen. Tatsächlich hat mir bisher noch niemand seine Meinung gesagt, keiner hat sich bisher geäußert, mich beschimpft oder mir ein Bein gestellt. Und ironischerweise macht ausgerechnet

Adam den ersten Schritt, der sich für Lars nicht die Bohne interessiert.

»Warum fandst ausgerechnet *du* es blöd?«, rutscht es ziemlich schroff aus mir heraus, bevor ich weiterrede. »Du magst Lars doch überhaupt nicht.«

»Hä?«, antwortet Adam und sieht mich verwirrt an.

»Du fandst den Stockbrotteig, den er für unseren Ausflug gemacht hatte, eklig und hast laut vor allen anderen ›nein, danke‹ und ›igitt‹ gesagt.«

»Ich habe nicht ›igitt‹ gesagt«, antwortet Adam leise, »ich wollte nur nicht …«

»Na klar!«, falle ich ihm ins Wort, und dieses Mal versucht er gar nicht, sich zu wehren.

Ich kann nicht sagen, woher diese ganze Wut kommt, wo ich doch in den letzten Wochen alles drangesetzt habe, um mich bescheiden und reumütig zu geben. Aber jetzt schwappt der Frust in mir hoch und drängt in Form von Anschuldigungen gegen Adam nach draußen.

»Ist auch egal«, sagt er genervt, bevor er sich umdreht und zu den anderen geht und ganz sicher das blöde langweilige Spiel wieder aufnimmt.

Ich bleibe allein zurück, stehe immer noch mitten auf dem Fußballplatz, aber es interessiert keinen mehr. Erst jetzt merke ich, wie ich zittre. Meine Hände zittern unkontrolliert, und ich führe sie zusammen, damit es aufhört. Mir kommen die Tränen, und ich stürze zur Mädchentoilette.

Aber keiner kommt hinter mir her. Ein paar wenige hoffnungsvolle Sekunden lang glaube ich, vor der Kabine Schritte zu hören, aber Sari kommt nicht wie sonst, wenn sie mich heulend zur Toilette rennen sieht.

Du musst dich irgendwie nackt ausziehen

Es ist ein paar Wochen her, seit ich den Fußball ins Gesicht gekriegt habe. Alles ist fast wieder normal, das heißt, die meisten meiden und ignorieren mich. Nach der Geschichte mit dem Fußball und Lars' »NEIN« hatte ich das starke Bedürfnis, mit Lars zu sprechen, aber er weist mich effektiver ab denn je und entzieht sich mir, sobald ich in seine Nähe komme.

Die einzige Veränderung besteht darin, dass ich Frau Nielsens Angebot angenommen habe, im Weihnachtskomitee mitzuwirken, und ich war schon bei zwei Treffen dabei.

Das erste Treffen war zwei Tage nach dem Schuss auf dem Schulhof gewesen, und fast hätte ich mich in der Tür umgedreht, als ich als Allererstes Adam sah. Aber bevor ich irgendwie reagieren konnte, hatte Frau Nielsen »Willkommen!« gerufen, und ich musste mich zu den anderen an den Tisch setzen. Kay war ebenfalls da und lächelte mir sogar zu, als ich mich zwischen Frau Nielsen und Karsten setzte.

In den vergangenen Wochen ist es mir fast gelungen, Adam zu übersehen, außer einmal, als er im Weihnachtskomitee einen bescheuerten Vorschlag gemacht hat. Er hat Frau Nielsen gefragt, ob wir nicht in der Pause zwischen zwei Akten im Schulhof Stockbrot grillen könnten, und ich war so wütend über seinen Vorschlag, dass ich auf den Tisch gehauen habe. »Du magst doch gar kein Stockbrot!«, habe ich ihn angefahren, und Frau Nielsen war so erschrocken, dass sie keinerlei Reaktion zeigte und mich nicht zur Ruhe mahnte. Kay hat kurz gegrinst, aber alle anderen haben mich angesehen, als wäre ich nicht ganz richtig im Kopf.

»Adam. Amanda«, fing Frau Nielsen an, »Adam. Das ist ein kreativer Vorschlag, aber ich glaube nicht, dass er sich umsetzen lässt. Ich halte ihn in meinem Notizbuch fest für ein andermal.«

Sie zeigte auf ihren Kopf, um uns klarzumachen, dass sie sich die Idee im Geiste notiert hatte, bevor sie mit praktischen Vorschlägen kam, die sich umsetzen ließen. Nach dem Treffen holte Kay mich im Korridor vor dem Klassenzimmer ein, als ich mir die Jacke anzog.

»Hi.«

»Hi«, antwortete ich.

»War lustig, wie du geschrien hast.«

Ich errötete leicht, zuckte aber gleichgültig mit den Schultern.

»Du hättest Sari sehen sollen«, fuhr Kay fort, »sie ist fast genauso wütend geworden, als sie gestern das Marmeladenglas nicht aufgekriegt hat.«

Ich versuchte, es mir vorzustellen, aber es gelang mir nicht. Dass sich Sari über so etwas Albernes wie einen blöden Marmeladenglasdeckel aufregt, dass sich Sari über irgendetwas aufregt, das nicht mit Ungerechtigkeit oder globaler Klimaerwärmung zu tun hat, ist ganz untypisch für sie.

»Worüber hat sie sich denn so aufgeregt?«, fragte ich.

»Keine Ahnung«, antwortete Kay, »sie ist im Moment nicht ganz sie selbst.«

»Ich auch nicht«, platzte es aus mir heraus.

»Vielleicht solltet ihr mal miteinander reden?«, schlug Kay vor, aber ich schüttelte den Kopf und drehte mich um, um allein nach Hause zu gehen.

Seit dieser Unterhaltung ist eine Woche vergangen, und ich habe danach weder mit Sari gesprochen noch mit Kay. Obwohl er angefangen hat, während der Komiteesitzungen ein bisschen mit mir zu reden, im Unterricht tut er es nicht.

Auf die Weihnachtsrevue freue ich mich schon seit der ersten Klasse, als ich selbst noch ein süßes kleines Patenkind war. Heute Morgen bekamen wir unsere Rollen zugeteilt: Die Schultradition will es so, dass man gemeinsam mit seinem Patenkind *eine* Rolle übernimmt. So wird zum Beispiel die *Maria* aus dem Weihnachtsevangelium von der Patin und dem Patenkind gespielt. Nach diesem Prinzip werden alle Rollen verteilt, von den Weihnachtswichteln über die Nilpferde bis zu den drei Weisen. Wir wollen die Arche Noah aufführen und uns als Tiere verkleiden, und die Idee mit dem Partner ist essenzieller Bestandteil der Geschichte, weil Noah von allen Tieren zwei mitgenommen hat. In unserer Version nimmt er noch eine Ziege mit. Frau Nielsen war auf dem Dachboden und hat für mich die Reste eines braunen Ziegenkostüms heruntergeholt. Es ist das einzige Tier, das allein mitkommt, und ich habe mich, ohne zu murren, gefügt. Angeblich wird für Lars ein ganz neues Tigerkostüm genäht, damit er mit Adam und dessen Patenkind zusammen sein kann.

Meine Situation ist tragisch. Ich glaube, es ist an der Schule noch nie vorgekommen, dass einem Paten die Patenaufgaben entzogen wurden und er solo zur Weihnachtsfeier kommen muss. Aber bei mir ist das jetzt so. Ich gehe allein als Ziege.

Nach der letzten Stunde gehe ich für die Komiteesitzung zurück ins Klassenzimmer. Ich habe angefangen, mich auf diese Mittwoche zu freuen, weil ich dann nicht nach Hause muss, wo ich allein oder mit Papa zusammen bin, wenn er zu Hause ist. Heute bin ich früh dran und bin die Erste im Klassenzimmer. Ich stelle die Tüte mit dem Ziegenkostüm in eine Ecke und fange an, ein paar Pulte zusammenzustellen, damit in der Mitte ein größerer Tisch entsteht. Ich habe gerade ein Pult verschoben, als ich höre, wie jemand den Raum betritt. Ich drehe mich um und stehe plötzlich direkt vor Adam. Er sagt nichts, stellt aber wortlos seine Tüte in die Ecke und fängt seinerseits an, die Pulte zu verrücken.

Ich weiß nicht, was ich tun soll. Die letzten Male bin ich in seiner Nähe so wütend geworden, heute nicht. Dieses Mal wird mir innerlich eher warm ums Herz.

»Willst du mir nicht helfen?«, fragt Adam.

»Doch«, antworte ich und ziehe an dem Pult, das Adam gerade in die Mitte schiebt.

So arbeiten wir schweigend zusammen, bis sechs Pulte zu einer Einheit zusammengeschoben sind und die anderen Komiteemitglieder ins Klassenzimmer stürmen. Ich traue mich nicht, seinem Blick zu begegnen, versuche aber gleichzeitig, den Duft festzuhalten, der in meine Nase gedrungen ist, in den Minuten, die es gedauert hat, die Tische an ihren Platz zu schieben.

»Hallihallo«, zwitschert Frau Nielsen, während sie sich ans Tischende setzt.

Ich suche mir auch einen Platz weit weg von Adam, weil ich es mir nicht erlauben kann, in seiner Nähe zu sitzen. Kay plumpst neben mir auf den Stuhl und gibt ein »Hi« von sich. Frau Nielsen fährt fort:

»Ich werde euch in Unterkomitees einteilen. Bühnengruppe, Lichtgruppe, Kantinengruppe usw.«

Frau Nielsen zeigt auf Adam und sagt »Bühnengruppe«, dann zeigt sie auf seinen Nachbarn und sagt dasselbe. So geht sie einmal um den Tisch herum, bis sie zu Kay und mir kommt:

»Amanda, Kay, ihr seid die Kantinengruppe. Okay?«

Wir nicken beide.

»Ihr könnt so viele Schüler aus der Patenklasse und eurem eigenen Jahrgang rekrutieren, wie ihr wollt, aber ihr seid diejenigen, die für die Organisation verantwortlich sind und die Aufgaben verteilen.«

Frau Nielsen sieht mich regelrecht verschwörerisch an, damit ich auch wirklich begreife, was sie vorhat, nämlich Kay und mich zur Zusammenarbeit zu zwingen, damit wir wieder Freunde werden. Das ärgert mich ein bisschen, aber ich merke auch, dass ich dankbar bin. Es ist tatsächlich eine Möglichkeit, mit Kay zusammen zu sein und wieder mit anderen Menschen zu sprechen als nur mit Mama und Papa.

Ein paar Tage später haben wir eine Kantinengruppensitzung, und der Einzige, den wir bisher rekrutiert haben, ist Kays Patenkind Martinus.

»Was ist mit deinem Patenkind?«, fragt Martinus, als wir uns in der Kantine zusammensetzen.

»Nichts«, antworte ich ausweichend.

»Aber wo ist er denn?«, insistiert er.

»Er ist nur in einer anderen Gruppe«, antworte ich und hoffe, dass das Gespräch beendet ist.

Kay holt Stift und Papier heraus und räuspert sich, um die Sitzung zu eröffnen. Er ist nicht besonders freundlich, aber auch nicht unfreundlich. Ich weiß nicht, ob er die Situation als Weihnachtssitzung wertet, sodass er nett zu mir sein kann, oder als normalen Schulalltag, weshalb er mich ignorieren muss.

»Zimtschnecken mit Nutella«, schlägt Martinus vor.

Kay und ich lächeln beide, aber jeder für sich, und Kay notiert den Vorschlag auf dem vor ihm liegenden Blatt Papier.

»Waffeln«, sage ich und füge in Gedanken »mit Schneckenschleim« hinzu.

Kay notiert.

»Kay?«, frage ich vorsichtig.

Daraufhin bekommt Martinus einen fürchterlichen Lachanfall, und allmählich stellt sich heraus, dass er dachte, wir wollten Kay in der Kantine anbieten.

»Hier gibt es Kay mit Marmelade!«, ruft Martinus und kichert hemmungslos.

»Haha!« Plötzlich lacht auch Kay.

Und ich muss ebenfalls kichern. Es tut so gut zu lachen, es kommt mir vor, als wäre es eine Ewigkeit her, seit ich zuletzt gelacht habe. Fast haben meine Gesichtsmuskeln die Übung verloren, und als sich das Gelächter gibt, tun mir die Wangen weh. Ich begegne Kays runden Augen, die meinen Blick erwidern und leise zurücklächeln.

»Entschuldigung«, sage ich.

»Ja«, antwortet er. »Mir tut das, was ich getan habe, auch leid.«

»Ja«, sage ich, »aber was ich getan habe, war schlimmer.«

»Ja«, pflichtet Kay mir bei, bevor er »haha!« sagt.

Ich lache über seine Ehrlichkeit und denke gleichzeitig, es ist typisch Kay, sich herauszuwinden, wenn etwas schiefläuft. Das hat er von seinen großen Geschwistern gelernt, davon hat er drei, und sobald Sari, Kay und ich in Schwierigkeiten geraten, schafft er es immer wieder, sich zu entziehen, ohne den Rasen mähen oder die Treppe putzen oder für den Schaden büßen zu müssen. Ich weiß, dass er dieses Mal seine Strafe bekommen hat, aber was die Situation in der Klasse angeht, hat er nicht so gelitten wie ich.

Er lächelt mich an, sodass die Hälfte seiner schiefen Zähne zwischen den Lippen hervorschaut. Dann fragt er mit ernster Miene:

»Warum hast du es eigentlich getan?«

»Ich weiß nicht«, sage ich, »aus Feigheit.«

Kay nickt.

»Ich auch.«

Es ist eine vage Erklärung für eine komplexe Handlung, aber sie liegt dicht an der Wahrheit. Ich war nicht gemein, sondern feige. Das Problem ist vielleicht nur, dass Gemeinheit und Feigheit zwei Seiten einer Medaille sind.

»Ich will es wiedergutmachen«, vertraue ich ihm an.

»Okay?«

»Ich habe versucht, mich zu entschuldigen, aber das reicht irgendwie nicht, Lars will mir nicht zuhören.«

»Nein«, bestätigt Kay, »die Show, die du abgezogen hast, war ja auch ziemlich spektakulär. Oder die Show, die Anna und Christina abgezogen haben. Vielleicht muss deine Entschuldigung genauso spektakulär ausfallen?«

»Vielleicht muss ich eine neue Show abziehen?«, sage ich zum Spaß.

Plötzlich poppt ein überraschender Gedanke in meinem Gehirn auf. Als würde ich mich an etwas erinnern, ohne es klar definieren zu können. Es geht darum, für die Entschuldigung die richtige Sprache zu finden. Aber ich kriege den Gedanken nicht zu Ende gedacht, er verschwindet genauso schnell wieder, wie er gekommen ist.

Kay sitzt da und sieht mich an. Jetzt versucht er, mich aus meiner Traumwelt zu reißen:

»Alles in Ordnung?«, fragt er.

»Hä? Ja! Willst du mir helfen?«

»Dir helfen?«

»Ja! Bei meiner Entschuldigung«, erkläre ich.

»Äh … Na klar!«

»Okay. Cool. Danke.«

»Wovon redet ihr?«, wirft Martinus ein, der dagesessen und mit einem Kugelschreiber auf dem Menüplan herumgemalt hat.

»Brownies«, sagt Kay verschmitzt und nimmt Martinus das Blatt weg, um es aufzuschreiben.

Plötzlich ist alles wieder so wie früher. Ich sitze fast von allen Sorgen befreit da und plaudere mit meinem Freund. Ein paar Minuten lang, in denen wir die letzten Punkte unseres Essensplans notieren, ist es fast so, als wäre all das Schlimme nicht passiert. Aber als wir fertig sind und die Kantine verlassen, geht Kay in die eine Richtung, und ich gehe in die andere.

Ich beschwere mich nicht, es ist so ein großer und positiver Fortschritt gegenüber den letzten Wochen, dass ich durch die Gänge tanze mit einem breiten Grinsen im Gesicht, das sich kein Mensch erklären kann.

Am nächsten Tag gehen Kay und ich nach der Schule zu mir nach Hause, um einen Entschuldigungsplan auszuhecken. Ich hüpfe vor Freude auf dem ganzen Heimweg, ich bin so glücklich, nicht allein zu sein, und auch, weil ich hoffe, dass wir eine Lösung für mein bitteres Los finden.

Als wir nach Hause kommen, fährt Papa vor Schreck zusammen, weil ich einen anderen Menschen mitbringe, einen Freund.

»Mensch, Kay!«, ruft er aus und starrt Kay an. »Kay? Bist du es wirklich? Was für eine schöne Überraschung!«

»Hi, Tor!«, sagt Kay und fühlt sich so willkommen wie früher.

»Was hat Amanda dir versprochen, damit du hierherkommst?«, scherzt Papa.

»Pfannkuchen mit Schokoladeneis«, kommt es prompt von Kay.

»Verstehe«, sagt Papa, »tja, dann muss ich mich wohl gleich an die Arbeit machen!«

Er lächelt uns freundlich an und wuschelt kurz Kays Haare durcheinander, bevor er in die Küche geht und das Radio einschaltet. Kay und ich gehen ins Wohnzimmer und setzen uns aufs Sofa. Anders als früher schalten wir nicht den Fernseher ein: Heute haben wir Wichtigeres zu tun.

»Hast du einen Vorschlag?«, fragt Kay.

»Nein … eigentlich nicht«, antworte ich.

Wir sitzen da und fangen an zu grübeln. Aus der Küche dringt süßlicher Pfannkuchenduft ins Wohnzimmer, sodass es fast schwerfällt, sich zu konzentrieren, aber ich reiße mich zusammen und mobilisiere alle Gehirnzellen, die mit vereinten Kräften zu folgendem Plan gelangen:

»Wie wäre es, wenn ich über dem Eingang zur Sporthalle ein großes Banner aufhänge, auf dem ›Entschuldigung, Lars‹ steht und das alle sehen, wenn sie zur Weihnachtsrevue kommen?«

Kay sieht mich wenig begeistert an, und sein Blick sagt mir, dass die Idee nicht gut genug ist.

»Du musst dir schon etwas mehr Mühe geben«, sagt er.

»Okay. Und wenn ich ein Album anlege mit

Fotos von Lars und mir und es während der Weihnachtsfeier in der Kantine auslege, sodass alle sehen können, wie gern ich Lars mag?«

»Ich glaube, du hast schon zu viele Fotos von Lars und dir missbraucht, als dass das eine nette Idee sein könnte«, bringt Kay es auf den Punkt.

Und er hat natürlich recht.

»Ich glaube ...«, beginnt Kay, »dass du dich zum Gespött machen musst.«

»Hm?«

»Du musst dich lächerlich machen.«

»Nein.«

»Doch. Du musst dich richtig lächerlich machen, so wie du Lars lächerlich gemacht hast. Vor ganz vielen Leuten.«

»Nein, das traue ich mich nicht«, antworte ich entschieden und stehe auf.

Ich bleibe stehen und starre vor mir in die Luft, ohne etwas zu fokussieren, wie ich es immer mache, wenn ich ganz fest nachdenke oder nervös bin. Ich muss ganz fest nachdenken, um eine alternative Lösung zu Kays wenig einladendem Plan zu finden, zugleich macht es mich extrem nervös zu erkennen, dass sein Plan der beste ist und ich möglicherweise tatsächlich so vorgehen muss.

»Du musst, Amanda. Das ist die einzige Möglichkeit, um Lars zu zeigen, wie sehr es dir wirklich leidtut.«

»Ich soll eine Ziege spielen, mache ich mich damit nicht schon lächerlich genug?«, wende ich ein.

»Doch, oder nein. Es muss dir ernst sein, und es muss aus der Tiefe deines Herzens kommen. Du musst dich quasi nackt ausziehen und genauso verletzlich sein, wie du Lars mit den Fotos verletzt hast.«

»Ich habe nicht vor, mich auszuziehen.«

»Du verstehst schon, was ich meine.«

Ich verstehe genau, was er meint, aber beim Gedanken daran wird mir kalt und übel, und da helfen nicht einmal Papas Pfannkuchen. Zugleich schleicht sich die Idee von vorhin wieder in meine Gehirngänge, und dieses Mal bleibt sie lange genug, um einen kompletten Gedanken zu formen. Plötzlich fällt es mir wieder ein!

»Bent«, sage ich und blicke Kay in die Augen.

»Bent? Lars' Vater?«, fragt Kay zurück.

»Bent hat gesagt, dass ich Lars' Sprache sprechen muss.«

»Norwegisch?«

»Nein. Das heißt, ja. Aber noch eine andere Sprache. Ich glaube nicht, dass du sie beherrschst.«

»Ach so«, antwortet Kay etwas irritiert, bevor er seinen eigenen Punkt noch einmal herausstellt,

»egal, für welche Sprache du dich entscheidest, es muss etwas Großes sein. Du musst wirklich etwas machen, bei dem dich kein Mensch übersehen kann, so wie in den letzten Monaten. Ob es dir gefällt oder nicht, du musst dich *übersichtbar* machen. Nicht *unsichtbar.*«

Ich werfe ihm ein albernes Lächeln zu, begreife aber zugleich, dass er recht hat, und bin unendlich froh, dass er mich unterstützt. Mit Kay an meiner Seite keimt ein kleines Pflänzchen der Hoffnung in mir auf, und ich wage kaum daran zu denken, dass nicht nur Lars mir vergeben wird, sondern vielleicht, vielleicht auch Sari.

In den nächsten Wochen treffen wir uns mehrmals heimlich, meistens bei mir zu Hause. Mama und Papa sind heilfroh über Kays Besuche und behandeln ihn wie den Prinzen von Dubai. Pfannkuchen und Schokoladeneis sind nichts gegen das, was an den folgenden Nachmittagen mit Kay auf den Tisch kommt, frische Garnelen und Johannisbeersorbet zum Nachtisch, Lasagne und Zimtschnecken, Pizza mit Ketchup und Puddingplunder mit Kokosguss.

Die Tage wirken wieder heller, auch wenn die Unterrichtsstunden in der Schule traurig und ohne Freunde verlaufen. Kay und ich haben uns darauf geeinigt, unsere alte neue Freundschaft geheim zu halten, damit nicht auch Kay ausgestoßen wird. Er und Sari sind immer noch befreundet. Kay gibt zu, dass er ihr gegenüber ein schlechtes Gewissen hat, wenn er lügen muss, was er nach der Schule gemacht hat, tröstet uns aber beide damit, dass es für einen guten Zweck ist und selbst Sari das verstehen und stolz auf uns sein wird, wenn sie unseren Plan in die Tat umgesetzt sieht.

Je mehr die Zeit vergeht und je näher die Weihnachtsfeier rückt, umso größer wird die Anspannung und Nervosität, und plötzlich ist es nur noch ein Tag. Morgen soll es passieren! Werde ich es schaffen? Ist der Plan gut genug? Wird mir verziehen werden?

Ich liege im Bett und starre an die Zimmerdecke, während ich darüber nachdenke. Morgen soll es wirklich krachen. Ich bin normalerweise schon vor Aufführungen und Vorträgen nervös, aber dieses Mal ist es doppelt schlimm, weil ich zusätzlich meine eigene Show abziehen werde. Nicht einmal meine Eltern wissen etwas von den Plänen, die Kay und ich geschmiedet haben. In den letzten Wochen haben sie sich kaum getraut zu fragen, was wir eigentlich machen, wenn Kay bei mir ist, sicherlich aus Angst, es könnte ihm unangenehm sein und er würde dann nicht mehr kommen.

Sollte sonst schon niemand einen Schock bekommen, dann in jedem Fall sie, wenn sie in aller Ruhe Platz nehmen, um eine ganz normale Weihnachtsrevue zu genießen, und stattdessen erleben, wie sich ihre Tochter vor absolut allen lächerlich macht.

So sieht eine echte Mobberin aus

»HALLO, ALLE ZUSAMMEN!« Frau Nielsens Stimme ertönt über Lautsprecher in der ganzen Sporthalle, die anlässlich der Feier in einen Festsaal mit Theaterbühne umgebaut wurde. Die Hälfte der Halle ist mit Stuhlreihen ausgestattet, die von der Eingangstür bis zur Bühne durch einen Mittelgang geteilt sind. Die Bühne haben wir unter Herrn Fjells Aufsicht selbst gezimmert. Sie besteht aus aufeinandergestapelten Paletten, über die Spanplatten gelegt wurden, damit der Bühnenboden gerade und solide ist. Ein großer bunter Vorhang hängt hinter den Paletten, dahinter gibt es ein Räumchen, in dem wir uns auf unseren Auftritt vorbereiten können. Hier stehe ich gerade und versuche etwas widerstrebend, in das Ziegenkostüm zu schlüpfen, während um mich herum die unterschiedlichsten Tiere in allen Größen herumschwirren, Nilpferde und Mäuse, Tiger und Heuschrecken.

Im Saal wimmelt es von Eltern und Geschwistern, Tanten und Großeltern, und die Stimmung ist wunderbar weihnachtlich. Ich habe vorhin schon in der Kantine gestanden und dafür gesorgt, dass alle, die Kaffee oder Limonade haben wollten, ihre Wünsche erfüllt bekamen. Ich war schon da total nervös, habe mich verrechnet und zu viel Wechselgeld herausgegeben, habe Waffeln serviert, wenn jemand Schokoladenkuchen haben wollte, und einem Opa Tee eingeschenkt, der zweimal um Kaffee gebeten hatte. Martinus hat sich so über mich amüsiert, dass er selbst kaum noch jemanden bedienen konnte.

Ich habe tierische Angst. Auch wenn es im Moment das Letzte ist, was ich will, weiß ich, dass ich den Plan umsetzen muss. Er ist meine beste und einzige Chance, mein Fehlverhalten wiedergutzumachen. Aber ich habe mächtig Bammel davor, dass etwas fürchterlich schiefläuft. Was, wenn ich in Ohnmacht falle? Wenn der Plan nicht funktioniert? Wenn Lars mir nicht verzeiht?

Es fühlt sich an, als könnte alles in die Hose gehen.

»Willkommen zu unserer WEIHNACHTS-REVUUUUUUUUEEE!«, schreit Frau Nielsen ins Mikrofon und bekommt ungewohnt viel Applaus. Sie lacht und legt die Hände auf den Bauch, während sie begeistert fortfährt:

»Ja, wirklich! Herzlich willkommen, alle miteinander! Wir haben in den letzten Wochen eine Weihnachtsrevue für Sie vorbereitet, was uns viel Mühe und lange Tage gekostet hat, aber wir freuen uns sehr, sie Ihnen endlich zu zeigen.«

Sie blickt glücklich ins Publikum. Die Stimmung ist gut wie lange nicht. Getarnt mit meinem Ziegenkostüm, das ich mittlerweile angezogen habe, fühlt es sich ein bisschen so an, als würden meine Klassenkameraden vergessen, dass ich Amanda, die Verräterin, bin, sie behandeln mich fast normal. Frau Nielsen spricht weiter:

»Wir haben uns in diesem Jahr dafür entschieden, die ›Arche Noah‹ aufzuführen, die das gesamte Tierreich umfasst, wobei in unserer Version alle Tiere zusammen in Urlaub fahren und nicht von einem strengen Gott befehligt werden. Mehr will ich aber nicht verraten, es geht los!«

Sie verbeugt sich so tief, dass ihre Nasenspitze fast die Oberschenkel berührt. Die Arme hat sie zur Seite gestreckt, und in dieser demütigen Haltung verlässt sie rückwärts die Bühne, während aus den Lautsprechern die Ouvertüre erklingt.

Meine heimliche Einlage soll erst nach der Pause erfolgen, den ersten Akt muss ich also nur durchstehen und die Zeit abwarten, ohne hypernervös zu werden. Das Positive an der Situation ist: Mir graut so sehr vor meiner Entschuldigungsshow, dass ich fast nicht darüber nachdenke, dass ich in einem Ziegenkostüm vor allen Eltern, Geschwistern, Onkeln und Großeltern auf der Bühne stehen werde.

Hinter der Bühne herrscht eine knisternde Anspannung. In wenigen Minuten geht es los, und es wird ein letztes Mal Hand angelegt. Ich sehe Sari, die auf der anderen Seite in einem prächtigen Löwenkostüm dasitzt und ihrem Patenkind Terje Barthaare aufmalt. Die Ouvertüre endet mit einem lauten Beckenschlag, und die ersten, kleineren Tiere bahnen sich einen Weg auf die Bühne, wo sie von grellem Rampenlicht empfangen werden.

Der erste Akt läuft wie am Schnürchen. Wir singen und tanzen ein bisschen, und niemand strauchelt, alle Eltern und Großeltern klatschen und jubeln laut. In der Pause soll ich eigentlich in der Kantine stehen, habe aber mit Kay ausgemacht, dass er sich eine Entschuldigung ausdenkt, damit ich mich verdrücken und die Zeit nutzen kann, um mich voll und ganz auf die Aufgabe meines Lebens zu konzentrieren.

Ich schaue nervös auf die Uhr. Es sind noch fünfzehn Minuten bis zum zweiten Akt. Kay findet mich in einer Ecke hinter der Bühne, wo ich mich versteckt habe, und kommt mit einem hellblauen Overall sowie einem dicken grauen Rüssel unter dem Kinn auf mich zu.

»Bist du bereit?«, fragt er und kann seine eigene Nervosität nicht ganz verbergen.

»Nein«, antworte ich ehrlich und ernte einen missbilligenden Blick.

»Echt? Reiß dich zusammen«, befiehlt er mir.

»Okay«, antworte ich schwach und spüre, wie alles Blut aus den Fingerspitzen weicht.

Ich sehe auf die Uhr an der Wand und komme zu dem Schluss, dass mir noch dreizehn Minuten bis zu meinem persönlichen Finale bleiben, in dem ich entweder gewinnen oder alles verlieren kann.

»Wenn die Eltern nach der Pause zurück im Saal sind, sage ich allen hinter der Bühne, dass Brandgefahr besteht, wenn sie sich dort aufhalten, und dass Frau Nielsen gesagt hat, wir sollten vor die Bühne gehen. Dann bist du an der Reihe, ja?«, erklärt Kay.

»Ja, aber glaubst du, die nehmen dir das ab?«, frage ich unsicher.

Das klingt nicht gerade nach einem Masterplan.

»Todsicher. Alle haben eine Heidenangst vor Feuer.«

»Okay«, sage ich, »und der Projektor ist dann schon angeschlossen?«

»Yes, Sir!«, sagt Kay stolz mit einem Lächeln, das mich fast beruhigt.

Die Minuten gehen blitzschnell vorbei, und bevor ich es richtig checke, ist die Pause zu Ende und das Publikum auf dem Weg zurück in den Saal. Mein Herz hämmert in der Brust, und meine Lunge ist zu klein, um den ganzen Sauerstoff einzuatmen, den ich brauche.

Durch eine Ritze im Bühnenvorhang sehe ich, wie sich der Saal langsam füllt. Eltern und Großeltern unterhalten sich immer noch munter und lachen bei dem Versuch, Kuchen und Kaffeebecher zu ihren Plätzen zu bugsieren. Hinter der Bühne bereiten sich alle auf den zweiten Akt vor. Nilpferde werden zurechtgemacht, Kuhschwänze gekämmt und Schminke aufgetragen. Anna und Christina wurde der Erstwunsch, Einhörner zu sein, verwehrt, sie mussten sich damit begnügen, Salamander und Rennmaus zu sein. Immerhin haben sie aber Rollen zugewiesen bekommen, nachdem Frau Nielsen ursprünglich geschworen hatte, dass sie nur bei den Bühnenarbeiten helfen sollten und überhaupt nicht mitspielen dürften. Trotzdem wirken sie nicht besonders dankbar. Beide kratzen sich in ihren engen Kostümen, die bestimmt alles andere als bequem sind, an den Beinen, und ihre zugeschminkten Gesichter sehen sauer aus.

Die meisten sind jetzt entspannter, die Stimmung ist lockerer und weniger nervös als vor dem ersten Akt. Auch die Tiere in Noahs Arche haben Kuchen gegessen und Saft getrunken und freuen sich darauf, die Bühne einzunehmen, um die Aufführung fortzusetzen. Ich bin die Einzige, die blass und schweigsam allein in der Ecke sitzt, wo ich versuche, mich auf meine Hände zu konzentrieren, die plötzlich nicht mehr zu mir zu gehören scheinen.

In diesem Moment geht es los:

»HALLO, ALLE ZUSAMMEN!«, ruft Kay den Tieren zu. Er hat sich mitten im Raum auf einen Stuhl gestellt, sodass er alle deutlich überragt.

Mein Herz hämmert noch schneller. Ich versuche vergeblich, im Geiste noch einmal meinen Plan durchzugehen, bevor er in wenigen Sekunden in die Tat umgesetzt werden soll. Zuerst die Aufmerksamkeit einfordern, dann meine Ansprache halten, dann das Video abspielen …

»Ähm«, fährt Kay fort, »äh … Frau Nielsen sagt, wir sollen alle in den Saal gehen, weil sonst ein Feuer ausbrechen könnte, wenn wir hier hinten bleiben.«

Er hat die Lüge nicht sehr glaubwürdig rübergebracht.

»Hä?«, fragt jemand misstrauisch.

»Warum das denn?«, wirft ein anderer ein.

»Weil Frau Nielsen es sagt«, sagt Kay tapfer.

»Wo ist denn Frau Nielsen?«, fragt Sari und sieht Kay skeptisch an.

»Frau Nielsen ist selbst schon im Saal!« Kays Stimme hat jetzt etwas mehr Autorität angenommen: »Macht schon! Beeilt euch, damit wir mit der Vorführung weitermachen können!«

Alle bewegen sich unsicher aus dem Hinterzimmer auf die andere Seite des Bühnenvorhangs, wo gespannte Eltern sitzen und auf den nächsten Akt warten. Sie ahnen nicht, dass dieser Akt mir gehört.

Kay hüpft vom Stuhl und stürmt auf mich zu.

»Noch dreißig Sekunden, dann sind wir durchschaut! Mach dich bereit!«

Er stürmt am Vorhang vorbei hoch zum Projektor, der etwa in der Mitte des Saals steht. Was Kay nicht weiß, ist, dass das »Sich-bereit-Machen« auch einen Kostümwechsel beinhaltet. Diesen Teil des Plans habe ich nicht mit ihm besprochen. Aus der Tüte, die ich unter einem der Stühle versteckt habe, ziehe ich einen glänzenden Zaubermantel, einen Zauberstab und eine kurze schwarze Perücke. Ich habe nicht die Zeit, das Ziegenkostüm komplett abzulegen, darum ziehe ich die Harry-Potter-Klamotten darüber, sodass das Geschöpf, das sich tapsend auf die Bühne bewegt, ein seltsames Mischwesen aus Mensch, Tier und Zauberer ist.

Ich weiß, dass ich nicht viel Zeit habe. Ich muss die Bühne kapern, bevor Frau Nielsen oder ein anderer Erwachsener mich aufhält und dieser einen Chance, die ich habe, um meine Entschuldigungsshow durchzuziehen, einen Riegel vorschiebt. Ich schaue durch die Ritze im Bühnenvorhang hinunter in den Saal, wo sich die Schüler unter die verwirrten Eltern mischen.

Ich kann erkennen, dass Lars Bent gefunden hat, der vorne in der zweiten Reihe sitzt. Lars hat sein Tigerkostüm an und den Zaubermantel darüber und sieht glücklich aus. Direkt dahinter entdecke ich Frau Nielsen, die neben Herrn Fjell sitzt, jetzt aber die Tiermenge erblickt, die sich von der Bühne in den Saal bewegt. Fast synchron stehen beide auf und gehen dem Schülerstrom entgegen. Ich höre, wie Frau Nielsen sagt: »Was ist hier los?«, und weiß im selben Moment: Jetzt oder nie.

Ich stürme auf die Bühne. Zuerst bemerkt mich niemand, weil alle damit beschäftigt sind herauszufinden, was los ist und ob sie vor oder hinter der Bühne sein sollten. Ich räuspere mich, aber so schwach, dass ich es selbst kaum höre.

»Hallo!«, versuche ich es etwas lauter, immer noch ohne Erfolg.

Die Bewegung im Saal hat sich zu einem leichten Chaos ausgewachsen, Großeltern und Tanten haben sich erhoben, um herauszufinden, was los ist. Manche rufen laut nach ihren Familienmitgliedern, während andere genauso laut nach Frau Nielsen rufen und fragen, ob sie helfen können.

In dem ganzen Lärm entdecke ich Kay, der hinter dem Projektor steht. Er gibt mir das Zeichen zum Start, schüttelt gleichzeitig den Kopf und mimt mit dem Mund: *»Was hast* du *dir bloß angezogen?«* Ich spüre den großen Drang aufzugeben. Habe Angst vor der eigenen Courage. In drei kurzen Schritten kann ich mich umdrehen, von der Bühne verschwinden und auf die Bahamas ziehen, wo ich in Ruhe leben kann, weil niemand weiß, dass ich eine Mobberin bin.

Aber das mache ich nicht. Stattdessen schließe ich die Augen. Für zehn lange Sekunden presse ich die Augen fest zu, als würde es helfen.

Und vielleicht hilft es wirklich, denn als ich die Augen aufmache, blicke ich in ein paar eisblaue Augen. Hellblonde Haare umrahmen ein freundliches Gesicht, das mir zaghaft zulächelt. Es ist Sari, meine allerbeste Freundin. Sie steht vor mir auf der Bühne und sagt nichts, hält mir nur mit ihrer zarten Hand ein schwarzes Mikrofon hin.

Sie dreht sich um und verlässt geräuschlos die

Bühne, und ich bleibe allein zurück. Mit der einen Hand führe ich das Mikrofon langsam an die Lippen, mit der anderen nehme ich den Zauberstab hoch und richte ihn auf das Publikum.

»Silensius akrobat«, flüstere ich ins Mikrofon. Es ist eine Zauberformel, die alle zum Schweigen und Zuhören bringen soll, aber noch sieht oder hört mich keiner. Jetzt oder nie.

»SILENSIUS AKROBAAAAT!«, schreie ich ins Mikrofon und erschrecke über meine eigene Stimme, als sich die Lautstärke im Saal mechanisch verdoppelt.

Auf einen Schlag erstarren alle und schauen mich wie verschreckte Lemuren an. Meine Augen ruhen allein auf Lars. Er schaut langsam auf und sieht mich, schlägt aber sofort wieder die Augen nieder. Trotzdem kommt es mir vor, als könnte ich ein verschmitztes Lächeln erkennen, das sich über sein Gesicht legt. Das macht mir Mut:

»Hallo, alle zusammen!«, sage ich ins Mikrofon, ruhiger dieses Mal. »Ich heiße Amanda. Und ich will mich entschuldigen.«

Ein leises Raunen geht durch den Saal. Es fühlt sich an, als wäre eine Million Augen auf mich gerichtet, am liebsten würde ich das Mikrofon wegwerfen und davonlaufen. Aber das kann ich nicht machen, ich kann nicht noch einmal alle im

Stich lassen. Ich entdecke Mama und Papa, die etwa in der Mitte sitzen. Bestürzung und Schock prägen ihre Gesichter, aber ihre Augen sind vor Bewunderung ganz groß.

»Ich bin Lars' Patin«, fahre ich fort, »vielmehr *war* ich Lars' Patin. Bis ich einen schrecklichen Fehler gemacht habe.«

Im Saal ist es mucksmäuschenstill. Die Hand, die das Mikrofon hält, zittert leicht. Ich entdecke Anna und Christina links von mir in ihren engen und wenig schmeichelhaften Salamander- und Rennmauskostümen. Keine Smartphones gehen nach oben, keine Hände werden vor den Mund gehalten, um einen Lachanfall zu unterdrücken. Stattdessen sind ihre Blicke auf mich gerichtet, nicht verurteilend, sondern bewundernd. Ich rede weiter:

»Ich war feige, und anstatt Lars zu verteidigen, der mein Freund ist, habe ich geglaubt, ich könnte mich aus einer schwierigen Situation befreien, indem ich ihn mobbe. Um mich zu entschuldigen, habe ich ein Video gedreht, das zeigt, wie ich empfinde.«

Im selben Moment wird eine Leinwand von der Decke herabgelassen. Ich bleibe direkt darunter stehen, während Kay mit raschen Fingern den Videoclip findet und anklickt. Eine Überschrift aus weißen Großbuchstaben rollt über einen schwarzen Bildschirm: BEKENNTNISSE EINER MOBBERIN.

Die schwarze Leinwand wird schnell von einem Video abgelöst mit mir in der Mitte, wie ich daheim in unserem Wohnzimmer sitze. Über Lautsprecher ertönt meine Stimme:

»Mir war es immer wichtig, wie ich aussehe und was andere über mich denken. Ich habe immer gedacht, man sei am besten neutral. Aber im Herbst habe ich einen Freund gefunden, der mir gezeigt hat, dass es okay ist, anders zu sein, dass es okay ist, besonders zu sein.«

Ich betrachte den vollen Saal, alle Gesichter blicken konzentriert auf die Leinwand über mir. Keiner der Lehrer hat sich von der Stelle gerührt, sie stehen noch da, wo sie waren, als ich das Wort ergriffen habe. Frau Nielsen hat den Kopf leicht schief gelegt und folgt dem Film mit besorgter Miene.

»Ich habe immer gedacht, es sei am besten, sich nicht einzumischen. Wenn ich sah, wie jemand auf dem Schulhof gequält wurde, habe ich es nicht den Lehrern gemeldet oder die Quälerei unterbunden.«

Die Bekenntnisse zeigen Wirkung, und die anderen Schüler starren gebannt auf die Leinwand.

»Vor ein paar Monaten habe ich einen anderen Menschen geärgert. Einen Freund. Das bereue ich sehr, und darum habe ich dieses Entschuldigungsvideo gedreht.«

Frau Nielsens Haltung hat sich ein wenig gelockert. Neben ihr steht Herr Fjell mit offenem Mund. Hinter mir auf der Leinwand wird das Geständnisvideo von einer Fotoserie abgelöst, die mit einem Kinderbild von mir als dreijährigem Mädchen beginnt. Ich bin in einer riesigen Schüssel mit Eis eingeschlafen. Kay hat folgenden Text hinzugefügt: Die schiere Gier #wohlstandsprobleme.

Im Saal ist vereinzeltes Kichern zu hören. Ein neues Bild taucht auf der Leinwand auf und löst Gelächter aus. Sari hat mich nachts im Schlaf fotografiert, als ich gerade eine Zahnlücke hatte. Ich war auf dem Sofa eingeschlafen, Sabber läuft aus meinem Mund und über das Kinn.

Das Foto wird von einem neuen Foto abgelöst, das erst vor wenigen Tagen aufgenommen worden ist: ein Selfie von mir aus allernächster Nähe, wie ich eine merkwürdige Grimasse schneide, gefolgt von einem weiteren Selfie mit noch grässlicherer Grimasse. Über den Fotos tauchen verschiedene Banner auf: *So sieht eine echte Mobberin aus, nimm dich vor dieser gemeinen Mobberin in Acht*. Es folgen fünfzehn verschiedene Fotos, alle wenig schmeichelhaft und grässlich, alle begleitet von Texten, die mich als Mobberin darstellen.

Diejenigen, die bisher über die Beiträge gelacht haben, werden plötzlich ganz ernst. Die Selfie-Serie ist zu Ende, und wir sind wieder im Wohnzimmer mit mir vor der Kamera:

»Ja, so sieht eine Mobberin aus. Ich hätte selbst nicht gedacht, dass eine Mobberin so aussieht, bis ich mich im Spiegel gesehen habe, nachdem ich jemanden gemobbt hatte. Da habe ich gemerkt, dass Mobber so aussehen können wie du und ich. Sieh dich im Spiegel an. *Bist du ein Mobber? Bist du eine Mobberin?*«

Das Video endet abrupt, die Leinwand wird wieder schwarz. Alle sitzen wie versteinert da und warten auf die Fortsetzung. Kein Applaus, kein Jubel, nur Stille. Mehr habe ich aber nicht zu sagen, und ich stelle in derselben Sekunde fest, dass der Haken an unserem Plan der Schluss ist. Was machen wir jetzt?

In einem letzten verzweifelten Akt wende ich mich an Lars, ich halte den Zauberstab hoch, aber anstatt Lars zu verhexen, wende ich mich in letzter Sekunde an Bent und rufe ganz laut: »STANITUZ STOPPIS!« Und es funktioniert. Bents Füße kleben auf dem Parkettboden fest, aber er kann den Oberkörper noch bewegen.

»Was um Himmels willen …?«, höre ich Bent sagen, während Lars ihn erschrocken ansieht.

»Es funktioniert«, flüstere ich, »es hat nur ein Z gefehlt.«

Lars sieht zu mir hoch, aber ich kann seinen Gesichtsausdruck nicht deuten. Ist er froh? Ist er wütend? Hat er mir verziehen?

Ich bin so überwältigt, dass ich fast vergesse, wo ich mich befinde, obwohl die Menschenmenge um mich herum zum Leben erwacht. Ich sehe, wie Frau Nielsen sich zu mir durchkämpft und Herr Fjell vergeblich versucht, die Tiere einzufangen, die sich im ganzen Saal verteilt haben. Ich höre Papas Stimme: »Amanda?«, aber ich kann ihm nicht antworten.

Stattdessen gehe ich rückwärts von der Bühne, schlüpfe durch den Vorhang und stehe allein im Ankleideraum. Ich habe das ungute Gefühl, dass dieser Raum nicht lange leer bleiben wird, weil das Rascheln im Saal zunimmt. Mit drei großen Schritten verschwinde ich durch die Hintertür und ziehe sie fest hinter mir zu.

Das ist ganz typisch für mich

Sari findet mich in der Mädchenumkleide. Ich sitze auf einer Bank, die Hände unter den Oberschenkeln, damit sie nicht so schrecklich zittern. Ich trage immer noch mein lächerliches Doppelkostüm, halb Ziege, halb Zauberer. Sari bleibt zuerst in der Tür stehen und sieht mich an. Schwer zu sagen, ob sie mich umarmen oder erwürgen will, und ich bin unbeschreiblich erleichtert, als sie endlich sagt:

»Das war total cool.«

Wie aus dem Nichts schießen mir die Tränen in die Augen. Ich schluchze und lache im Wechsel und kann gar nicht aufhören. Und auch Sari lacht! Ich kann nicht beschreiben, wie glücklich es mich macht, sie wieder lachen zu hören. Ich liebe ihr Lachen! Und ich habe es unglaublich vermisst!

»Das war … total bescheuert!«, schluchze ich.

»Haha! Ja«, stimmt Sari mir zu, kommt auf mich zu und sagt leise, »aber auch total cool.«

»Okay«, presse ich heraus und japse nach Luft, als Sari mich fast erdrückt.

Ich schlinge meine Arme um ihren schmalen

Körper und drücke mein Gesicht in die Mulde, die sich zwischen ihren Schultern und ihrem Nacken bildet. So bleiben wir eine Weile stehen und wiegen uns hin und her, bevor wir uns endlich voneinander lösen und wieder normal atmen können.

»Ich habe mir immer gewünscht, unsichtbar zu sein, aber als es so weit war, war es absolut grausam«, gestehe ich, und Sari nickt verständnisvoll.

»Man muss sich immer entscheiden, wer man sein will«, sagt sie mit ernstem Gesicht, und wir müssen lachen, weil wir so erwachsen klingen.

»Warum bist du eigentlich hinter mir hergekommen?«, frage ich gekränkt. »Ich dachte, du hättest mir die Freundschaft gekündigt.«

»Dir die Freundschaft gekündigt? Ich war doch die Einzige, die dich nicht gehasst hat!«

»Und dein Brief?«, frage ich verständnislos.

»Mein Gedicht? Darin habe ich doch betont, dass du Familie für mich bist. Familienmitglieder lassen einander nicht hängen, egal, was man verbockt! Aber du hast mich den ganzen Herbst über ignoriert!«

»Ich soll dich ignoriert haben? Du hast geschrieben, was verloren geht, ist für immer verloren.«

»Eben! Darum war es so wichtig, dass wir uns nicht gegenseitig verlieren.«

»Hä?«, sage ich und schüttle den Kopf, verstehe

nur noch Bahnhof. »Das Gedicht sollte also zum Ausdruck bringen, dass du mir sofort verziehen hast? Woher sollte ich das wissen?«

Sari bebt vor Lachen, während Tränen aus ihren Augenwinkeln rinnen.

»Das ist so typisch für mich«, stammelt sie, »dass ich ganz poetisch sein will.«

»Ja! Haha!«, lache ich auch.

»Und es ist so typisch für dich …«, fährt sie fort, »zu glauben, dass alle dich hassen.«

Ja, denke ich, das ist ganz typisch für mich.

»Darum sehe ich es nicht, wenn andere versuchen, nett zu mir zu sein.«

Plötzlich habe ich einen Flashback: Ich sehe einen Ball, der über den Fußballplatz fliegt und mich zu Boden streckt. Ein dunkelhaariger Junge, der versucht, eine Erklärung zu geben, versucht, sich zu entschuldigen, den ich aber mit gemeinen Anschuldigungen zurückweise.

»Oh nein …«, flüstere ich in die Luft.

»Was denn?«, fragt Sari, aber ich schüttle den Kopf, als wollte ich sagen: jetzt nicht.

»Wo sind die anderen?«, frage ich stattdessen, »Kay? Lars?«

»Keine Ahnung«, antwortet Sari, »ich bin gleich rausgerannt, um dich zu finden.«

Ich lächle sie dankbar an.

»Aber sie suchen dich bestimmt«, fährt sie fort.

»Meinst du?«, frage ich unsicher. »Was glaubst du, was sie mit mir machen werden?«

»Haha! Was sie mit dir machen werden?«

»Ich hab solche Angst, Sari.«

»Die brauchst du nicht zu haben. Jetzt hast du dich ja entschuldigt.«

»Glaubst du, es war gut genug? Glaubst du, dass Lars mir jetzt verzeiht?«

»Hm«, sagt Sari, »das ist seine Entscheidung.«

Ich nicke still. Plötzlich wird die Tür zur Mädchenumkleide aufgerissen, und ein atemloser Kay stürmt herein.

»Da bist du ja! Ich suche dich schon seit einer Ewigkeit!«, schreit er.

Er kommt auf mich zu, packt mich am Arm und zieht mich hoch.

»Was ist los?«, frage ich leicht verwirrt.

»Was los ist? ALLE suchen nach dir.«

»Oh nein …«, flüstere ich leise.

»Oh nein? Amanda! Das ist klasse! Der Plan hat funktioniert! Bent kam zu mir und wollte wissen, wo du abgeblieben bist, und dann hat er gesagt, dass er zusammen mit Lars in unserem Klassenzimmer auf dich wartet.«

Ich wechsle einen raschen Blick mit Sari, die mich anlächelt und kurz nickt.

»Das ist toll, Amanda«, bemerkt sie und packt mich am anderen Arm.

So werde ich von meinen zwei besten Freunden aus der Mädchenumkleide über die Flure bis zum Klassenzimmer geführt. Unterwegs begegnen wir vielen neugierigen Blicken von Eltern und von Schülern, die aus der Sporthalle kommen, aber niemand hält uns auf. Nicht einmal Frau Nielsen stoppt uns, als wir zielstrebig an ihr vorbeigehen. Vielleicht weiß sie, dass Lars im Klassenzimmer auf mich wartet, vielleicht schaffe ich es aber auch gerade, ihr Vertrauen zurückzugewinnen.

Ich bin gespannt, weil möglicherweise alles gut ausgeht, aber ich bin auch nervös, weil Lars die Entschuldigung vielleicht trotzdem nicht annimmt. Vielleicht hat er sich stattdessen so sehr aufgeregt, dass er mich endlich zur Schnecke macht, was er schon vor langer Zeit hätte tun sollen. Vor der Tür zum Klassenzimmer bleiben Kay und Sari stehen.

»Viel Glück«, flüstert Sari.

Sie lächelt mich verschwörerisch an, und Kay klopft mir ein paarmal kurz auf die Schulter, bevor sie über den Korridor zurückgehen und ich allein vor der weißen Tür zum Klassenzimmer stehe. Ich klopfe an.

Bent streckt den Kopf heraus.

»Hallo, Amanda!«, sagt er mit einem freundlichen Lächeln, bevor er die Tür aufmacht und mich hereinlässt.

Lars sitzt an einem Pult ganz hinten im Raum. Er trägt ebenfalls noch sein Kostüm, und ich muss lächeln beim Gedanken daran, dass wir im Partnerlook auftreten. Als ich in den Raum komme, sieht er schnell zu mir hoch und dann noch schneller wieder auf den Tisch.

»Ich lasse euch jetzt allein«, sagt Bent ruhig, »ihr habt bestimmt ganz viel zu besprechen.«

»Ja …«, gebe ich zu und bleibe an der Tür stehen, bis Bent das Klassenzimmer verlassen hat.

Ich warte noch einen Moment, um mich zu sammeln, aber dann gehe ich durch die Pultreihen auf Lars zu. Einen knappen Meter vor ihm bleibe ich stehen und räuspere mich probehalber. Lars bewegt sich minimal, bleibt aber still sitzen und starrt vor sich auf sein Pult.

»Entschuldigung«, sage ich.

»Okay«, antwortet Lars, ohne den Kopf zu heben.

»Ich war so dumm«, rede ich weiter.

»Okay«, wiederholt Lars und starrt auf das Pult.

»Kannst du mir verzeihen?«

Lars antwortet nicht sofort, aber blickt zum ersten Mal hoch und sieht mir in die Augen. Sein rundes Gesicht wirkt fast ausdruckslos, bis sich ein

Lächeln darin ausbreitet, das von einem Mundwinkel zum anderen geht.

»Lars ist zum Brüllen«, flüstert er und sieht mich mit einem Blick an, den ich nicht deuten kann.

»Es tut mir so wahnsinnig leid, was ich getan habe, Lars. Das war feige und gemein, und du hast es überhaupt nicht verdient. Entschuldigung.«

»Aber Lars *ist* zum Brüllen!«, antwortet Lars, und sein verschmitztes Lächeln füllt das ganze Gesicht aus.

Plötzlich springt er auf und zeigt mit einem fiktiven Zauberstab auf mich. Er fixiert mich zwei Sekunden lang, dann ruft er:

»KAKTATUS IMPLEXUS!!«

Ich fasse mir verzweifelt an den Kopf.

»Neeeeeiiiiin!«, brülle ich und falle auf die Knie.

Fast fühlt es sich zwischen den Fingerspitzen so an, als würden sich meine Haare langsam, aber sicher in kleine stachelige Kakteen verwandeln.

»AAAUUU!«, jaule ich. »Meine Haare! Die werden zu einem Kaktus!«

Lars schmeißt sich vor Lachen auf den Boden. Ein Gefühl von vollkommener Freude breitet sich in mir aus, und ich werde in einer Art Glücksrausch von Lars' Lachanfall mitgerissen.

Als die Lachkrämpfe endlich nachlassen und die Neugier überwiegt, muss ich die Frage stellen:

»Hast du dir den Zauberspruch ganz allein ausgedacht?« Ohne mich?

»Nein«, antwortet Lars prompt.

»Nein?«, wiederhole ich und sehe ihn verwundert an.

»Adam hilft mir«, erzählt Lars gleichmütig.

»Adam?«, sage ich völlig verwirrt.

Lars lächelt sein spitzbübischstes Lächeln.

»Was heißt das, dass Adam dir hilft?«, frage ich noch einmal.

»Adam ist mein Freund«, fährt Lars fort.

Ich sehe Lars skeptisch an.

»Adam ist dein Freund?«

»Yes«, antwortet Lars und blickt selbstsicher zurück.

Darüber muss ich einen Augenblick nachdenken, aber dann kommt mir ein anderer, wichtigerer Gedanke:

»Du hast ihm also das Zaubern beigebracht?«

Ich fühle mich fast betrogen, ich hatte gedacht, es wäre unser gemeinsames Ding. Aber Lars nickt ganz freimütig, bevor er fröhlich hinzufügt:

»Adam mag dich.«

…

Adam mag mich?

Ich weiß überhaupt nicht, was ich dazu sagen soll, ich kapiere nicht, was Lars meint. Gleichzeitig merke ich, wie sich mein Gesicht rot färbt und meine Ohren und Wangen anfangen zu glühen.

»Nein!«, rutscht es aus mir heraus, aber meine Stimme klingt plötzlich seltsam breiig.

»Doch«, kontert Lars, »ich habe gesagt, ich bringe ihm Zaubern bei, damit er dich verhexen kann und du seine Freundin wirst, weil du ihn nicht magst.«

»Nein«, wiederhole ich und flüstere dann: »Ich liebe ihn.«

»Ja«, flüstert Lars vertraulich zurück.

Wir lachen beide. Ich stehe auf und strecke Lars die Hand hin, die er ergreift, um sich daran hochzuziehen.

»Freunde?«, frage ich.

»Beste«, antwortet Lars stolz, und zusammen verlassen wir das Klassenzimmer, um uns dem Rest der Welt zu stellen.

Jetzt ist nur noch eine Sache zu erledigen.

Lars und ich gehen Hand in Hand zurück zur Sporthalle, wo Frau Nielsen alle wieder eingesammelt hat, um, so gut es geht, den zweiten Akt noch aufzuführen, ohne Tiger und Ziege.

Wir treten hinter dem Publikum in die Halle, als gerade die Schlussnummer an der Reihe ist, und bleiben dort im Halbdunkel stehen, um sie uns zusammen mit den Eltern anzuschauen. Die Löwen Sari und Terje führen alle anderen Tiere auf die Bühne, wo sie einen Halbkreis bilden. Ihre Arme gehen in sanften Bewegungen hoch und runter, sodass die Reihe der Paten und Patenkinder eine Welle bildet, die hin und her schwappt.

Die Eltern klatschen begeistert, und inmitten der verschiedenen Frisuren entdecke ich die Hinterköpfe von Mama und Papa. Sie wiegen sich zusammen mit den anderen Eltern leicht hin und her, und als würde Papa merken, dass ihn jemand anstarrt, dreht er sich plötzlich um und sieht mir in die Augen.

Er lächelt mich warmherzig an, und ich grinse glücklich zurück. Er sieht, wie stolz ich darüber bin, endlich wieder mit meinem Patenkind vereint zu sein. Wieder Patin zu sein.

Als das Lied zu Ende ist, bricht der Saal in wilden Jubel aus. Herr Fjell eilt auf die Bühne, um den Applaus entgegenzunehmen, während alle anderen sie verlassen, um sich zu Eltern, Tanten und Großeltern zu gesellen.

In dem Chaos, das jetzt entsteht, verliere ich den Überblick. Ich kann weder Sari noch Kay noch Mama oder Papa sehen und stelle mich auf die Zehenspitzen, um nach ihnen Ausschau zu halten. Ich will allen zeigen, dass Lars mir verziehen hat und ich wieder seine Patin bin.

Plötzlich merke ich, wie jemand meine Hand ergreift, und dieser jemand ist nicht Lars. Die Hand ist warm und fest und löst einen Stromschlag in mir aus, der meine Beine in Spaghetti verwandelt. Noch bevor ich kapiere, dass Adam neben mir steht und meine Hand hält, zieht er mich schon von der Menschenmenge weg.

Sein lockiger Hinterkopf geht einen Meter vor mir her nach draußen. Leichter Schweiß- und Pfirsichgeruch dringt in meine Nase, und es kommt mir vor, als wäre alles um uns herum in Nebel getaucht. Ohne sich umzudrehen oder auch nur ein Wort zu sagen, zieht Adam mich durch den Korridor auf den Schulhof, der mit einer dünnen Schneeschicht bedeckt ist. Große Fackeln leuchten um uns herum, und sanfte Schneeflocken schweben herab und legen sich wie Puderzucker auf seine braunen Locken.

Endlich dreht er sich zu mir um, lässt dabei aber meine Hand los und macht ein paar kleine Schritte rückwärts. Fast ohne zu blinzeln, steht er da und sieht mich an, gräbt mit einem Schuh aufs Geratewohl im Schnee. Ich erwidere seinen Blick und habe das Gefühl, geradewegs in seine schönen Augen zu stolpern.

»Ich wollte nicht …«, sage ich, werde aber davon unterbrochen, dass Adam plötzlich näher kommt.

Jetzt steht er einen winzigen Schritt von mir entfernt. Die weißen Atemwolken aus seinem Mund vermischen sich mit meinen, und zusammen winden sie sich wie Lakritzschnüre nach oben.

Er ist einen halben Kopf größer als ich, meine Nasenspitze berührt fast sein Kinn. Langsam beugt er den Kopf, sodass sein Gesicht ganz nah an meins herankommt und unsere Nasenspitzen sich fast berühren. Dann zögert er einen Moment, bevor er den Kopf noch weiter beugt und seine Lippen sanft auf meine drückt.

Mein Herz macht einen Riesensalto, bevor es aufhört zu schlagen und regungslos in meinem Brustkorb liegen bleibt. Eine Sekunde. Zwei Sekunden. Jetzt fängt es wieder an zu schlagen, und ich atme die beißend kalte Dezemberluft ein, die meine Lunge mit einem einzigen Glücksrausch erfüllt.

Adam.

dtv

Reihe Hanser

Ute Wegmann

Über Freundschaft, Familie und Liebe

ISBN 978-3-423-**62219**-6

ISBN 978-3-423-**62299**-8

ISBN 978-3-423-**62585**-2

ISBN 978-3-423-**64015**-2

Alle Bände auch als **eBook**

www.dtv-kinderbuch.de

NIEMAND IST EINE INSEL

Die Geschichte von Holly und ihren Brüdern:
über Geschwisterliebe und Zusammenhalt
in einer besonderen Familie.

ALLE LIEFERBAREN TITEL,
INFORMATIONEN UND SPECIALS
FINDEN SIE ONLINE

Auch als **eBook** www.dtv.de dtv *Reihe Hanser*